異世界兄妹の料理無双２
～なかよし兄妹、極うま料理で恋のキューピッドになる！～

雛宮さゆら

この作品はフィクションです。
実在の人物・団体・事件などに
一切関係ありません。

異世界兄妹の料理無双2

contents

～なかよし兄妹、極うま料理で恋のキューピッドになる！～

異世界兄妹の料理無双2

～なかよし兄妹、極うま料理で恋のキューピッドになる！～

プロローグ

「あにちゃ、あにちゃ！」

妹のカリーヌが最初に口にした、誰にでも聞き取れる言葉はそれだった。

ゆりかごの中で小さな手足をぱたぱたさせながら「あにちゃ、あにちゃ！」と声をあげたときの感動を、六年経った今でもリュカは忘れない。

レニエ王国・ベルティィエ伯爵家の兄妹には前世の記憶がある。かつては、二十一世紀の日本で暮らしていた兄妹だったのだ。

どうしてこの世界に転生したのか、どうして前世の兄妹がこの世界でも兄妹になれたのか。

リュカに理由はわからないし、たいした問題ではない。リュカとカリーヌはこの世界で、楽しく暮らしている。

世間ではベルティィエ兄妹は、料理好きとして知られている。『料理上手のベルティィエ兄妹』と言われることもあって、少しばかりくすぐったいけれど、この世界に居場所があることは単純に嬉しい。

この世界でリュカは、カリーヌが生まれる前から料理に多大な興味があった。ベルティエ家の厨房の隅っこで、人目を避けてこの世界では食べられるとは思われていなかった食材に工夫を凝《こ》らした。固い肉や野菜を食べやすくすることに夢中になった。

そして、生まれた妹が前世でも妹だったと、リュカはすぐに気がついた。カリーヌは、兄の作った離乳食しか喜ばなかった。ちゃんとしゃべれないうちからリュカを「あにちゃ、あにちゃ！」と呼んで（くれているように聞こえた）慕《した》ってくれていた。

そんな幼いカリーヌは、リュカが工夫して作った離乳食やお好み焼き（っぽいもの）を喜んだり、『みそ玉』を発見したり、ほんの小さなころから料理の才能の片鱗があった。

やがておしゃべりできるようになったカリーヌと話していると、リュカの前世の記憶がどんどん蘇ってきた。カリーヌにも、前世の記憶があったのだ。ふたりで、この世界では誰も食べものだなんて思わなかった魚みたいな生きもの（バジケテルという名前も食べられそうには思えない）を干物《ひもの》の形で保存食にして、貧民街の食糧難の手助けをしたりした。

兄妹の充実した料理ライフを支えてくれるのは、伯父のモーリスだ。

モーリスは自称三十八歳だけれど、カリーヌは「絶対にもっと年上！」と断言している。リユカもそう思っている。

そんな、なにかと力になってくれる優しいおじさん、モーリスの提案で兄妹の店『猫背亭』が開店した。

食事、スイーツ、兄妹のアイデア次第でいろいろな料理を出す『猫背亭』は、しかし窮地に陥った。

リユカたちの家が詐欺師《さぎし》に狙われたのだ。それはリユカたちの両親、ベルティエ伯爵家の領地を巻き込んだ大騒動となった——信用していた人物に裏切られたのだ。

それもどうにか解決し、リユカとカリーヌは今まで通りの生活を取り戻した。

それから六年、平穏な、『猫背亭』で美味しいものを作る日々、リユカとカリーヌには気になることがある。モーリスの発言から謎に思っていることがあるのだ。

「モーリスさんも、二十一世紀の日本人だったんじゃないの？　前世の記憶があるんじゃゃないの？」

◆

やっと、涼しい風が吹く季節になった。今年の夏はとても暑くて本当に大変だったので、気温が下がってほっとする。

「こないだのあれ、美味しかったなぁ」

カリーヌがうっとりとそう言った。

兄妹はサンルームのテーブルに、本と紙束を広げている。家庭教師のバルナベに課された宿題に向かっているのだ。カリーヌは手に握ったペンをくるくるさせている。

（器用だなぁ）

そう思いながらリュカは、まわるペンを見ていた。

「ええとあれあれ、ケロールの実のミルクとラクロの実と、細長いお米とを煮たやつ。あの甘いの」

「カオニャオ・マムアンもどきだな。タイ料理がもとになってる。厨房のみんなにも喜んでもらえてよかった、カリーナも気に入ったんだ？」

うん、とカリーヌが弾んだ声をあげる。

涼しい風と穏やかな陽の中、宿題をしたりしゃべったりしているリュカとカリーヌの背後から、明るい声が聞こえてきた。

「リュカさま、カリーヌさま、お邪魔します。お掃除しますよ！」

「あっ、アレット」

箒とはたきを手にサンルームに入ってきたのはアレットという、最近このベルティエ家で働き始めた女の子だ。

アレットの掃除の手際《てぎわ》はとてもいい。くるくる働く彼女は髪も目の色も淡くて、とても色が白い。

レニエ王国北部のクールナン地方の出身だと聞いているけれど、前世でも北国の人たちは色白だと言われていた。やはり日照時間の問題だろうか。

北国は酪農《らくのう》が盛んだという前世の記憶が、蘇る。

「ねぇアレット、アレットって北の出身だよね？　北国って酪農が盛んな感じがしてるんだけど」

カリーヌも、リュカと同じイメージらしい。首を傾げながらアレットは頷く。

「もちろん牛や羊は飼ってますし麦やスギヘル、ラポワリーも耕作しています。酪農だけじゃないです、いろいろやってます」

「ええと、スギヘルはじゃがいもっぽい、ラポワリーはとうもろこしっぽい植物だよね」

確認するようにカリーヌがささやきかけてくる。うん、とリュカは頷いた。

この世界には、前世にあったものと似ている食べものがたくさんある。それらをこの世界の人たちに美味しく調理して振る舞うことが、今のリュカの最大の楽しみなのだ。

「でも、全然足りません。みんなが充分に食べられる量が収穫できないんです、だからわたしも、こうやって出稼ぎに来てるんですよ」

話している内容は辛いのに、アレットの表情は明るい。元気な子なのだ。

「はいはいちょっと失礼、椅子の下をお掃除させてくださいな」

うたうようにアレットは言って、てきぱきとサンルームを掃除する。よどみない手つきだ。

「アレットって何歳だっけ？」

「十六歳です。両親はもういないんですけど、親戚たちがわたしをここまで育ててくれたんです。出稼ぎできる歳になったから働いて稼いで、恩返しするんです」

「え、そうなんだ……辛いこと言わせてごめんね？」

「あは、いいんですよ。カリーヌさま、そんなお顔しないでください。ね？」

明るく言ったアレットも笑う。にこにこ笑っている女の子ふたりがサンルームに射し込む光を浴びている様子を、リュカは目を細めて見た。とても癒やされる光景だ。

「アレットは強いね。すごく偉いね！」

「そうですか？　ありがとうございます！」

「ねぇ、お掃除終わったらおやつ食べない？　厨房にラクロの実がいっぱいあるんだ、おやつ作ろうと思って」

「わぁ、リュカさまとカリーヌさまはお料理お上手なんですよね？　みんな言ってます！」

アレットが目を輝かせる。「いやぁ……」と兄妹揃って照れた。

「ラクロの実ってこのくらいの大きさの赤い実ですよね？　なにを作るんですか？」

「まるごとラクロ」

「まるごと？」

アレットは、ぱちぱち目をしばたたかせた。カリーヌが声を弾ませる。

「うん、ラクロの実を樹蜜《じゅみつ》と水でくつくつ煮て柔らかくして、それを小麦粉と樹蜜を混ぜてこねこねして蒸した皮で包むの。ほどよく甘くて美味しいよ」

「そんな美味しそうなものがあるんですね！　楽しみ！」

女の子ふたりできゃっきゃはしゃいでいるのは微笑ましい光景だけれど、リュカはなんとなく入りづらい状況だ。

カリーヌは六歳だから、十六歳のアレットとはかなり年齢差がある。それでもカリーヌの頭の中は同い年くらいだから、考え方などは釣り合っているようだ。

（そうか、アレットは十六歳なんだ……それなのにすごいなぁ）

ふたりがしゃべっているのを見ながら、リュカは考えた。

（今の僕は、頭の中高校生だけど、たぶん十八歳くらい……でも地元を離れて出稼ぎとか、僕にはそんな勇気はないなぁ……すごい、本当にすごい）

アレットの仕事の手際に、リュカはただただ感心した。

第一章　チーズのお菓子

「ノエルにいちゃ！　セリアねえちゃ！」

はしゃぐカリーヌが、ぶんぶん両手を振っている。

がたがたと敷地に入ってきた馬車から飛び降りてきたのは、いとこのノエルとセリアだ。

「おしり痛い」

「すっごい揺れるもんな、馬車は大変だ」

セリアの不満にうんうん頷いているリュカに、カリーヌがそっとささやきかけてきた。

「この世界でも早く、電車とか車とか、開発希望」

「こら、しっ」

リュカが軽く睨みつけるとカリーナはふざけて「いひひ」と笑った。ノエルはそんな兄妹に首を傾げながらも「元気そうでよかった」と笑っている。

四人がはしゃいでいるところに「早くおいでなさい」と迎えに来てくれたのは、リュカとカリーヌの母、ポレットだ。

「さぁ、おうちに入りなさい。晩餐《ばんさん》の用意ができているわよ」

子どもたちは揃って「わぁい！」とばんざいした。

「今夜は、オーブリーたちが腕を振るったわよ。ゴリアンテの甘辛煮《あまからに》とカンテッリのスープ、ピサンリの和《あ》えものと……」

ベルティエ家の厨房は、オーブリーという壮年《そうねん》の男性が仕切っている。

カリーヌが生まれる前、リュカが前世の記憶にかき立てられるがままに夜中にこっそり厨房に立っていたところ、オーブリーがぬっと現れたことがある。

てっきり叱られると思ったのに、オーブリーは、彼から見ると不可解であるはずのリュカの料理を認めてくれた。

リュカが料理に専念できるのは、オーブリーのおかげだ。なにくれとなくリュカとカリーヌに協力してくれるオーブリーは、今も変わらずベルティエ家の毎日の食事のために奮闘している。

リュカたちの経営している食堂『猫背亭』のメニュー開発にも協力してくれる。でっぷり太っていて背も高く声も大きく、鬼神《きじん》といわれる森の生きものオルクスのようだと思うこともあるけれど、心優しく親切な人物なのだ。

「ピサンリ……苦《にが》くない？」

「あはは、セリアねえちゃ、やっぱり苦いの嫌いなんだ？」

カリーヌがセリアを覗き込むと、セリアは唇を尖らせた。

「嫌いだよ、でもずっと前、リュカが苦くないようにしてくれたね。あれからはそんなに嫌いじゃない」

「もちろんクリームチーズと和えてあるよ。我が家のピサンリ料理はそれが定番」

「嬉しいな、今でもわたしの好みを覚えてくれてるんだね」

はしゃぐ子どもたちを見まわして、ポレットが微笑んだ。

「そりゃそうよ、ノエルとセリアはうちの子よ。いつでも来てちょうだい」

屋敷の前では、使用人たちがノエルとセリアを歓迎する。リュカとカリーヌの父ルイゾンもともに席に着き、その日の夕食はひときわ賑やかになった。

「わぁ、前よりも美味しくなったね、ピサンリも前より美味しく感じる」

「チーズにもいろいろあるからね。今日のはマスカルポーネだから、自然な甘みがあるだろう？」

セリアはもぐもぐしながら、にこにこしている。

この世界に『マスカルポーネ』という呼称はない。リュカが乳脂肪高めの牛乳を使って作ったチーズがマスカルポーネっぽかったので、そう呼んだらそれが定着した。

「甘いチーズって美味しいよね、はちみつとかかけたらもっと美味しいんじゃない？　ねえ、チーズのお菓子って作らないの？」

「お菓子にチーズって……そうか、チーズケーキとかチーズソフトクリームとか、チーズクリームサンドとか……作れる、かな……？」

「チーズケーキ？　『猫背亭』に『りんごとはちみつのチーズケーキ』ってメニューあるよな？」

「あれとは違うの？」

「確かにチーズケーキなんだけど、ちゃんとしたチーズケーキじゃないんだな……チーズ風味、というか」

もごもごとリュカは呟いて、慌てて声をあげた。

「でも、手を抜いたわけじゃないんだよ!?　クリームチーズが用意できないときに考えたメニューだから……」

だから保存の利くように、粉にしたチーズを混ぜて焼いたのだ。

（でも……本格的なチーズのお菓子、作ってみたいな）

リュカを見るカリーヌの、大きな緑の目がきらきらしている。

「あにちゃあ」

「う、うん……」

妹のおねだりのまなざしに怯《ひる》みつつ、一方で期待されると燃えあがった。

夕餉《ゆうげ》のあと、リュカとカリーヌは子ども部屋に入った。ノエルとセリアも一緒だ。

「セリアねえちゃ、眠そう」

足取りが危ういセリアを、皆で慌ててベッドに連れて行く。眠そうなのはノエルも一緒だ。カリーヌと協力して、ノエルもベッドに寝かしつけた。

「一緒に寝ようって言ったのに。セリアねえちゃ、もう寝ちゃった」

膨れるカリーヌを「仕方ないよ、長旅だったんだから」となだめて、ふたりもそれぞれベッドに入った。

「ねぇ、あにちゃ。チーズのお菓子のことだけどさ」

暗い中、カリーヌの呟きが聞こえた。

「チーズはあるじゃない、この世界？」

「うん、そうだな」

「レンネットを使ってチーズを作るとか、牛乳をクリームと脱脂乳《だっしにゅう》に分離して生クリーム作るとか、牛乳と生クリームでクリームチーズ作るとか」

期待に満ちたカリーヌの表情が、暗い中でも見える気がする。

「チーズのお菓子作るの、手伝ってくれる？」

「もちろん！」

次の日の朝食後、子どもたちは揃って厨房に集まった。朝の食卓から、ノエルとセリアは期待に満ちた目をしていたのだ。

「ねぇねぇ、昨日言ってたチーズのお菓子、作るんだよね？」

「作るよ！　あにちゃと昨日、打ち合わせしたんだ」

わぁい、とはしゃぎながら、皆で厨房に向かった。

忙しく働いている調理係たちに「朝ごはん美味しかった！」と礼を言いつつ、リュカたちのための一角に向かう。

「クリームチーズとお砂糖、卵に小麦粉、生クリームとレモン汁、あとバターを使うんだっけ」

砂糖は貴重品でそうそう使えないので、樹蜜を使う。それ以外の材料は、前世の記憶に従ってこの世界での代用品を考えて当てはめるのだけれど、それも楽しい。

カリーヌが、棚からバケツを出してきた。リュカが開発した『遠心分離バケツ』だ。

「生クリームを作るのに、これを使うんだよね！」

蓋つきの取っ手の長いバケツは、クリームを作るためのアイテムだ。牛乳を入れて振りまわして、クリームと脱脂乳に分離するのだ。

「振りまわすのを電動でできたら、もっと効率的なんだけどなぁ」

リュカたちの腕力では、遠心分離ができるほどにバケツを振りまわすことはできない。

いつもエドメという、腕の筋肉がものすごい調理係にお願いしている。

「やっぱりエドメの力、すごい……生クリームがどんどんできる！」

「ですがこの牛乳……なかなか分離しませんね？　なかなか難しい」

エドメの額には、汗が滲んでいる。

「今日の牛乳、脂肪分が足りないんだよね……いつもよりも薄いというか、味わいが足りないというか……ああ、夏が暑かったから？」

汗をかきながらも手強《てごわ》い今日の牛乳を生クリームにすべく、エドメは頑張ってくれた。

ケーキ型を大きな皿に置いて、砕いたケロールの実（アーモンドの代用だ）となめらかにしたバターを混ぜたものを敷いた。生クリームも使って作ったケーキの種を流し入れて、オーブンに入れる。

焦げないように見張って、焼けたケーキの甘い匂いが厨房に広がる中、現れたのはオーブリーだ。

「おお……いい匂いがしますね。どれ、私が切り分けましょう」

オーブリーは腕まくりをした。三つ焼いたうちのひとつを、手慣れた手つきでてきぱきと切り分けて、ひと切れずつ小さな皿に載せる。

「うーん、どうしても焦げ方が美しくない……表面の焦げ目に、むらがありすぎる」

満足できなくて、リュカは唸った。

「温度調節が難しくて、きれいな焦げ目にならない……だから『猫背亭』で出せないんだ、お金をいただける見ためじゃない」

　それに、とリュカは首を捻る。

「冷やして落ちつかせて食べると、もっと美味しくなるんだよね」

　唸るリュカの前、味見を買って出てくれた厨房の者たちは、喜びの声をあげている。

　皆が嬉しそうなのが、リュカも嬉しい。それでも見ためが思うようにできなかったし、ひと口食べて、思った感じじゃないな……と首を捻った。

（もっとこう、濃厚でクリーミーな感じが出ると思ったのにな。うーん……冷やしてないから？　それとも牛乳のせい？　なんというか、コクがない……？）

　目が合ったオーブリーが、にっこりと笑った。意外な表情だ。

「リュカさま、この牛乳でよくここまで美味しく仕上げられましたね」

「えっ、うん……」

　思わぬ褒め言葉に戸惑いながら、リュカは頷く。

「この夏の暑さのせいで、牛乳の味わいが変化しているのが気になっているのです。それでもここまで美味しくできるとは」

「やっぱり、脂肪分が少ないからクリーミーさが出ないんだ。もっと美味しいはずなんだから」

そうだよね、とリュカは勢いよく声をあげた。

「そうですね、今の牛乳は夏の暑さのせいで、濃厚な味わいが失われています」

オーブリーは難しい顔をしている。つられてリュカも低く唸った。

「仕方ないよね、牛も草も元気ないときもあるよね……」

カリーヌがそう言う隣で、リュカは考えた。

「そうだね、ほかになにか考えてみたいな。ええと、クリームチーズを工夫したら、少しは味わいが変わってくるかな……」

考えるリュカの背後から、いきなり歓声があがった。驚いて振り返る。

「わぁ、きれいだね！」

「あっ、お花？」

新入りメイドのアレットが、厨房に入ってきたのだ。たくさんの花が入った籠《かご》を持っている。

「これなんの花？」

「これはオダンです。こっちはエモニモ。これね、食べられるんですよ」

「食べられるんだ……」

知らなかったことに感心した。カリーヌが好奇心いっぱいに声をあげている。

「このオダン？　ってお花は花びらが大きいね。エモニモってかわいい名前、こっちは花びらがちょっとくしゃっとしてるんだね。いっぱい色があるね、赤もピンクも青も……あっこの紫、きれい！」

「こんなにきれいなのに食べられるって、すごくお得だね！」

カリーヌとセリアがきゃっきゃとはしゃいでいる。アレットはさらに、花々について話している。

「ねぇねぇあにちゃ、このお花どうかな？　アレットが持ってきてくれたお花、このケーキに飾ったら素敵じゃない？　まだあるから試してみようよ」

「あっそうだね。表面にクリームを塗ろうか。焦げを隠せるし……お花、どれをどう並べたら美味しそうになるかな？」

いかに配置すればより美味しそうに、より美しくなるか。悩むリュカとカリーヌに、遠慮がちな声がかけられた。

「あの、わたしがやってみていいですか？　わたし、色のバランスとか考えるの好きで」

「うん、お願い！」

アレットはクリームを塗った白いケーキに、てきぱきと花を並べ始めた。

赤に黄色、黄色っぽい緑、紫、深い赤、オレンジにピンク。

「これも食べられます、アセマの葉です。むしゃむしゃ食べるものじゃないですけど」

大胆なアレットの手つきで、チーズケーキがどんどん飾られていく。

「うわぁ、すごくきれい……それにものすごく上品。アレットめちゃくちゃセンスあるね！」

「そう言っていただけると嬉しいです」

恥ずかしそうにアレットは笑った。セリアがしげしげと、アレットの手もとを覗き込む。

「きれいすぎて、食べるのもったいない」

「切るの、ためらっちゃう感じだね。食べずに飾っておきたいな……」

ノエルも厨房の皆も、カラフルに飾られた白いチーズケーキを囲んで感心している。アレットは嬉しそうに頬を染めていた。

それでも食べるために作ったのだ。大胆にナイフを入れたのは、ノエルだった。

「目にも舌にも美味しいとか最高だな！」

はしゃぎながらも容赦なくざくざくナイフを入れていくノエルに、リュカは感謝した。

カラフルなケーキは、ひと切れサイズになるとまた印象が違った。皆で、ひと口ずつ味わう。味は一緒なはずだけれど、なにか違うような気がする。

「アレット、食べられるお花のこと知ってるのもすごいし、こうやって飾るセンスもすごいよね。すごいねアレット！」

「えへへ……ありがとうございます！」

アレットは嬉しそうに破顔して、ぺこりと頭を下げた。

「アレットのおかげで、ケーキの可能性が広がったよ」

「お役に立てたら、嬉しいです」

一方でオーブリーは「しばらく牛乳はいつものように美味なものは搾れない」と渋い顔をしている。

「牛乳の質がよくないなら、それはそれでアイデアの活かしどころだよ」

リュカが言うと、オーブリーは「それなら助かるのですが……」とやはり苦い顔をしている。

「こういう状況だったら、ますます発奮しちゃうよ。もっと美味しいものができるかも。だから気にしないで？」

オーブリーの肩を、ぽんぽんと叩く。励ますように頷きかけると、オーブリーは「楽しみにしてますよ」と微笑んだ。


リュカは、厨房にいた。

カリーヌと一緒に、オーブンの前で火の具合を見つめている。

「ねぇねぇ、リュカ兄ちゃん。カリーヌ」

セリアが、背後から声をかけてくる。

「今日はなに作ったの？」

リュカはセリアを振り返らず、声だけで答えた。

「チーズケーキのカラメルのせ。こないだのはどうしても表面がきれいにならないから、カラメルをかけて誤魔化そうかなって」

「白いクリームもよかったけどね。わっ、美味しそう！」

「もう焼けるから、待ってて？」

間もなく、ケーキが焼きあがった。熱々のオーブンからそろそろと引き出す。

「いい匂い……」

セリアを始め、まわりの皆が揃って期待の声をあげる。この声を聞くのもリュカの喜びだ。

「こないだのはベイクドチーズケーキだったけど、今日のはもっとふわっとした、スフレチーズケーキ。カラメルをのせるから、食感が軽い方がいいと思って」

カラメルは「少しだから！」と贅沢を許してもらって、砂糖で作った。樹蜜では、焦がして生まれる苦味と甘味の絶妙な味が出ないのだ。

「わぁ、すごく美味しそう！」

広い厨房には、砂糖が溶ける甘い匂いが広がる。仕事中の調理係たちも皆、鼻をくんくんさせている。仕事の邪魔をしているとリュカは恐縮しきりだけれど、皆は嬉しそうだ。

「うう……やっぱり表面がきれいじゃない。こんなにひび割れてるし！」

「これはこれで美味しそうだけど？」

焼けたスフレチーズケーキを冷まして、とろとろのカラメルソースをかける。

「確かに、こうやったらある程度隠れるけどさ……」

カラメルの食欲をそそる甘い匂いも、見た目の色合いも、とても魅力的だ。

「なんかプリンみたいだね。ケーキがふわっとしてるからよけいに」

まわりの皆がくんくん鼻を鳴らして、期待に目を輝かせている。

人の喜ぶ顔を見ているとリュカもとても嬉しい。カリーヌを見ると同じように輝く目をしている。

（カリーヌも僕と同じように、人を喜ばせられると満たされるんだなぁ……）

だとしたら、より喜んでほしい。舌にも目にもより、美味しいものを作りたい。

「牛乳の質が落ちてるのは仕方ないし、だったらそれを克服《こくふく》できる美味しいものを作りたい」

「おお、あにちゃが燃えてる！」

「からかうなよ。うまくできるようになったら『猫背亭』でも出したいな。店のみんなも定期的に出せたらいいって言ってくれてるし」

「そうだね、お菓子メニューのレパートリーも増やしたいしね。アレットがお花飾るの上手だったから、ああいうのも生かせたらいいなぁ。わたしがほしい！」

「うん、そうだな……」

『猫背亭』ではごはんカテゴリーの料理が多くて、スイーツのメニューはおまけ程度だ。あまりメニューが多いと、限られたスタッフだけですべてをまわすのは大変かもしれないと考えたのだ。

「食事の場所と甘いものの場所と、わけたらいいかもな？」

「あっ、それいいね！　おしゃれカフェ開店したい！」

「おしゃれカフェ？　その発想はなかった……」

カリーヌが喜んでいる。リュカの発言には深い意味はなかったけれど、カリーヌが喜んでいるしやる気だし（考えてみてもいいかも……）と思った。

（モーリスさんに相談したいな）

なにせモーリスは『猫背亭』のスポンサーである。それ以前に頼りになる親戚の叔父さんなのだ。

（正体は、この国の宰相なわけだけど……知ったときにはびっくりしたなぁ）

リュカは肩をすくめた。それ以上にモーリスには訊くに訊けない疑惑があるのだけれど。

（モーリスさん……前世の記憶があると思うんだけど。たぶん僕たちと一緒、二十一世紀の日本で生きていた記憶があるはずなんだ）

いつか、真実を訊けたらいいなと思っている。

◆

今日の『猫背亭』でリュカとカリーヌは、常連客と一緒に「甘いものとお茶を出す専門のお店もあったらいいな」との話をしていた。

「やっぱりおしゃれカフェほしいよね！　建物は白くて家具も白くて、食器は白地に金色で模様描いてあるみたいな」

少女趣味なカリーヌは、うっとりと語り始める。

「フォークとかスプーンは銀で、お皿にはお花を飾ろうね。アレットが持ってきてくれたみたいな食べられるお花。お皿にチョコとかフルーツソースとかで絵を描いて、おしゃれにしたいな！」

「お、おう……なんかすごい勢いあるな、カリーヌ」

店が忙しくなってきたので、リュカとカリーヌも厨房に入って調理を手伝った。

『りんごとはちみつのチーズケーキ』をはじめとしたスイーツのメニューもあるけれど、メインは食事メニューなので、甘いものも増やしたいとは思っている。

（でもなぁ……スイーツは結構、冷やす過程があって……）

考えながら調理しているところに、カリーヌが話しかけてきた。

「あにちゃ、気をつけて、ナイフ。どうしたの、ぼーっとして」

「あっと、ととっ。ええとあのな、冷蔵庫があったら、レアチーズケーキも作れるのになぁ、って考えてたんだ」

「えっ……冷蔵庫？」

カリーヌが、目を丸くした。

「ベイクドも好きだけど、レアチーズケーキ大好きだったから……さわやかなエルプの実の果汁をかけたレアチーズケーキだったら、もっと美味しく食べられると思うんだよ。牛乳も、冷蔵庫あったら持たせられるしね」

話しているとレアチーズケーキが食べたくて仕方がなくなった。カリーヌも同じらしくはしゃいでいる。

「うわぁい、レアチーズケーキ好き！　美味しいよね！　わたしレアのほうが好きかもしれない。ブルーベリーソースかけたのとか……あっだめ、食べたくなってきちゃった」

「でもさすがに冷蔵庫はどうにもならないからなぁ……まずは電気がない」

リュカは、冷蔵庫について考える。脂肪分が豊富な牛乳で作るジェラートのこともそうだし、一時的にではなく長い間冷やすことができたらもっといろいろなものが作れるのに。

「あにちゃがそんな顔してるときは、なにか難しいこと考えてるとき」

カリーヌはそう言って、にやりと笑った。

「そんな難しく考えなくていいのに？　みんなが楽しみにしてくれてる、期待してくれてるからやってみようか、くらいでいいのに」

「おまえはなんというか、呑気《のんき》だなぁ……」

はぁ、とリュカはため息をついた。

「あにちゃが真面目すぎなんだよ、リラックス、りらーっくす！」

カリーヌは笑いながら、リュカの背をぽんぽん叩いてくる。それに元気をもらったように感じた。

「まずはさ、お菓子のメニューを増やしたいな。今年の牛乳の味を乗り越えるためにも……えっ、なに？」

店舗の方から、大きな声が聞こえてきたのだ。

「なに、なにか揉めごと!?」

ひゅっとお腹の奥が冷たくなった。リュカは慌てて手を拭いて、店舗に駆けつけた。

「ええと……あれっ？」

見慣れない装《よそお》いの男女がいる、リュカたちの両親くらいの年齢だろうか。店の中がざわざわしているのは、彼らの話す言葉がよくわからないからだ。

頭の上にたくさんの疑問符を飛ばしつつ、リュカは耳をそばだてた。

「外国の人かな？」

リュカは怯んだけれど、カリーヌは怖《お》じ気《け》づくこともなく顔を輝かせて客に駆け寄った。

「いらっしゃいませ！　こんにちは」

カリーヌは、にこやかに客たちに話しかける。リュカはますます慌てたけれど、カリーヌはまったく動じていない。

くるっとカリーヌは振り返る。弾けるような笑顔を向けられて、リュカはたじろいだ。

「あにちゃ、このお客さまたち、ドラーツィ公国からおいでになったんだって！」

「えっ、ドラーツィ公国？　ええと、北のほうの？」

「そうそう、ねぇ。遠いところからありがとうございます！」

「こちらこそ、突然お邪魔してごめんなさいね」

外国からの客人たちとカリーヌの会話は、最初はよくわからなかった。それでも聞いているうちに、理解できるようになってきた。違う国だけれど隣国だ、言語はかなり似ているようだ。

ふたり連れの客は夫婦で、北方の国から国境を超えて訪ねてきてくれたらしい。

「このお店のレシピを見たのですよ。レシピに従って、我が家の厨房の調理係に頼んだんです」

「ええ、『とろとろの肉の甘辛煮込みごはんのせ』が美味しかったわ」

レシピもレニエ王国の公用語で書いてあるけれど、読めたようだ。やはり言語は近いのだ。

「そうなんですか……ありがとうございます……」

「あにちゃ、目がうるうるしてる……」

感動のあまり涙ぐんでしまった。カリーヌに突っ込まれて恥ずかしくなりつつも、リュカは厨房で『とろとろの肉の甘辛煮込みごはんのせ』を作り始めた。

豚肉に似ているイーヴォの肉を煮込んで、玉ねぎのようなカンテッリに小麦粉をまぶしたものなどを合わせて作った、魯肉飯《ルーローはん》のようなひと皿だ。

厨房は忙しく、いろいろな料理が調理されている厨房から店内にいい匂いが広がっていく。

「お待たせいたしました」

料理を運んでいくと、ドラーツィ公国の夫婦の顔は期待に輝いていた。

「まぁ……この色合い、素晴らしいわね」

「おお、やはりオリジナルは違う。この照り、色艶《いろつや》……美味しそうだ」

目を輝かせる夫婦はスプーンを取って食べ始める。食べ方が美しくて、その手つきに見とれてしまった。

「まぁ……」

「素晴らしい、この味わい。うーむ煮込み方の違いだろうか」

「我が家の調理係たちも優秀だけれども、やはり細かいところまでは再現できないのかもしれないわね」

外国からの客が喜んでくれているのは嬉しい、しかし。

（うーん、やっぱりレシピだけだと伝わりきらないこともあるよなぁ……）

とはいえ、ドラーツィ公国のグルメ貴族夫婦は喜んでくれた。「また来ますね」と言い残して、お代も弾《はず》んでくれた。

ふたり揃って「ありがとうございます！　またのお越しをお待ちしております」と自然に出てくるあたり、かなり客商売が板についたと思う。

厨房に戻って作業を続けている中で、カリーヌが言った。

「ねぇねぇあにちゃ。こないだのチーズケーキ食べたら、乳製品スイーツいろいろ食べたいなって思うようになったんだ」

「どうした急に」

「急じゃないよ。外国からのお客さまもいたし、もっと喜んでほしいと思ったんだ」

カリーヌがそのようなことを言うとは思わなかったので、リュカは驚いてカリーヌを見た。

「だってここは、牛乳はある世界なんだから。むしろ今まで、チーズでお菓子作ろうって発想がなかったことにびっくりだよ」

食器を洗いながら、カリーヌは首を傾げる。

「お菓子かあ……アイスクリーム食べたいなぁ……ヨーグルトアイスとか、いちご味のマシュマロアイス。チョコレートをかけたアフォガート！　プリンチーズアイスケーキってのもあった！」

「お、おおう……」

立て板に水のカリーヌにたじろぎつつ、リュカはプリンチーズアイスケーキのことを思い出そうとした。

「プリンとクリームチーズを混ぜて冷やして固めたやつだよな、表面にはカラメルで模様をつけるんだよ」

カラメルといえば、先日作ったチーズケーキの焦げを隠すために使った。しかし樹蜜ではうまくできないし、砂糖は貴重品だ。

「垂直にカラメルを垂らして線を交互に描く。これが結構難しそうで……」

「あにちゃ、相変わらずすごいね。すらすらレシピ出てくるんだね」

「なんかな、思い出すんだよな……やっぱりこれ、僕たちの特殊能力的なものなのかな？」

そこに調理係のひとりが声をかけてきて、それでアイスクリームの話は終わった。

第二章　北からの訪問者

リュカとカリーヌが転生した場所は、レニエ王国という内陸の国だ。

まだ国外に出たことはない。けれど北で国境を接するドラーツィ公国からの客を迎えたことで、広い世界を意識するようになった。

国外にはもっと、活用できる食材があるかもしれない。とはいえ電車も車もない世界で、移動は容易ではない。

リュカはまだまだ子どもで、自分の力で自由になることは多くないのだ。


ノエルとセリアが、母の待つバルビエ地方に帰ったのは、冬の頭だった。

冬とはいえ、少しばかり暖かい日の午後。リュカとカリーヌは、家庭教師のバルナベに「ありがとうございました」と腰をかがめて挨拶をすると部屋を出た。

「あれ？　なにかあった？」

玄関の方が賑やかなことに気がついて、兄妹は顔を見合わせた。

「なに？　どうしたのかな」

リュカは二階の階段の手すりから身を乗り出した。数人の侍女たちと一緒に、母のポレットがいる。その前に黒い御者服の男性が頭を下げていて、その丁寧な物腰から、上流階級の家で働く人物だと見当がついた。

「母さま、お客さま？」

リュカが声をあげると、ポレットがこちらを降り仰いだ。

「そうよ、クールナン地方からおいでくださったの。クールナン地方の領主、フェレールさんの弟さんですって。遠いところからわざわざ訪ねてくださるなんて嬉しいわね」

御者服の従者の後ろから現れたのは、色の白い、すらりとした肢体の男性だ。

二十歳前後だろう。瞳は淡い青、髪も淡い月明かりのような金色だ。カリーヌがぱたぱたと階段を下りて行き、リュカも慌てて続いた。

穏やかな顔でにこにこしていて、とても好感が持てる人物だ。

「こんにちは、カリーヌといいます。あちらは兄のリュカです！」

（おお、猫をかぶったカリーヌ……）

カリーヌはたいへん上品に礼をする。リュカも慌てて挨拶をした。ふたりを前に客人はにっこりと微笑んで、その鷹揚な笑顔には見とれてしまう。

「お邪魔いたします、カリーヌさん。リュカさん。私はクレール・フェレールと申します、北の、クールナン地方の領主の次男です」

「遠いところからようこそ。あっお腹空いてますか？　ごはん召し上がります？　どんなお食事が好きですか？」

「おい、カリーヌ！」

リュカは慌ててカリーヌを止めようとした。急にそんなことを訊かれて、クレールも困るだろう。

そう心配したけれど、クレールは笑顔でカリーヌに応えている。

来客は、客間に通された。

ベルティエ家の客間は、暖色の落ち着いた内装だ。絨毯《じゅうたん》は毛足が長くてふわふわで、リュカが横になっても余裕があるくらいに大きなソファは、深い赤の革張りだ。

勧められるがままに、クレールは座った。控えている従者が抱えているのは大きな麻袋だ。

「突然の訪問の無礼を、お許しください」

改めて挨拶をして、クレールはその麻袋を渡すように従者に告げた。カリーヌが飛び出して、受け取る。

「わっ、重い！」

「クールナン地方で採れる、ガイイという作物です。よく茹《ゆ》でてつぶして、塩味をつけていただきます」

麻袋は素朴で、みやげというには少々飾り気がない。それでもぎっしりと詰まった重みには期待しかない。わくわくしつつ、麻袋を開ける。

「わぁ……いっぱい。黄色の……これ、お芋《いも》かな？」

「本当だ、なんかお芋っぽいね。でもスギヘルじゃないね、ガイイっていうんですね？」

「はい、クールナン地方ではもっとも珍重されている、自然の恵みです」

クレールは誇らしげに言った。クールナン地方の領主の息子である彼が、自分の治める地域の特産物を誇れること、多少華やかさには欠けても贈りものとして自信を持って差し出せること。いずれも素晴らしいことだと、感心した。

尊敬とともにクレールを見ているリュカの耳に、カリーヌがそっとささやきかけてくる。

「スギヘルはじゃがいもっぽいしね。ガイイはさつまいもみたいな感じ？　ねぇあにちゃ」

「そうだな、ふかしたら美味しそうだなぁ……」

兄妹はごくりと喉を鳴らしながら、さつまいもっぽい芋、ガイイを見つめた。

「それほど喜んでいただけるとは……田舎くさい食材でお恥ずかしいと思っていました」

「とんでもない！　お芋美味しいですよね、ねぇねぇあにちゃ、料理させてもらおうよ。

母さま、いいかな？」

ポレットは「もちろんいいわよ」と微笑んだ。クレールが、顔を輝かせる。

「おお、『料理上手のベルティエ兄妹』のこと、噂に聞いております」

「えへへ……ありがとうございます！」

クレールの反応にとても気持ちが盛りあがって、うきうきしつつ、リュカとカリーヌは麻袋を持って厨房に向かった。

「ねぇねぇあにちゃ、このお芋、ガイイはスイートポテトにしようよ、なんか秋って感じ！」

「こんな形で秋を味わうなんて思いもしなかったな」

頭の中でレシピをめくって、スイートポテトの作り方を思い出した。

ガイイを蒸して皮を剥く。リュカの記憶にあるさつまいもよりも皮は分厚くて、思ったほど可食部分がなかった。

「こうして見ると、前世の世界で食べてたお野菜とか果物って、品種改良されてるんだね。感謝しかないね」

「ほんとう、この世界の野菜とかも食べやすくできたらいいよな。品種改良……遠い道のりだな」

ガイイの可食部分と牛乳、卵黄、バターを混ぜて火にかけながら練る。とろりとするまで混ぜると美味しそうな匂いがあたりに広がって、ごくりと喉が鳴った。

「今日の牛乳の、ちょっと脂肪分の足りない感じ。バターのコクでカバーできるかなって思ったけど、バターも牛乳からできてるからなぁ」

「今年のバターじゃ……でもこのガイイは蒸したらほくほくになったな。ラムカンっぽいのに入れたい」

「らむかん？」

「えっと、ココット皿。このくらいの丸い容器。オーブンに入れて焼くのに使う」

「そんな名前あったんだ。ええと、あっ。これとかいけそう？」

「あっいい感じ、ありがとう。これに入れて焼こう。火はもう通っているから軽く焦げ目がつく程度で」

「火が通り過ぎないように見とかないとね」

リュカたちは、スイートポテトならぬ蒸したガイイを客間に運ぶ。

父のルイゾンもソファに座っていて、なにかの打ち合わせ中だったらしいその場の者が、揃ってぱっと目を輝かせた。

「いい匂いがしますね……わぁ、それ、ガイイで作られたんですか？」

「そうだよ、いただいたガイイを蒸して樹蜜とかバターとか卵の黄身を練り込んで、軽く焦げ目がつくまで焼いたの」

「伺うだけで美味しそうですね……」

クレールがごくりと喉を鳴らす。匂いだけでそれほど期待してもらえたら作りがいもあるというものだ。

運んできたものをテーブルに並べた。ルイゾンもポレットも、そしてクレールも「美味しい」と言ってくれた。

「ガイイをお菓子にして食べるなんて、思いもしませんでしたから……食事として食べるものだとしか思っていませんでした」

クレールは、なにやら考え深げな顔をしている。首を傾げるリュカに、ルイゾンが教えてくれた。

「クレールさまはクールルナン地方の領主になられるんだ、領地を担うんだ。私たちもお助けできることがあればと思っているんだよ」

「そうなんだ！　領主になるの？　おひとりでいろんな地方をまわってるの？　大変だね、でもすごいですね！」

「えっ、でも……クールルナン地方の領主は、クレールさんのお兄さんじゃなかったですか？」

クレールの笑顔は、悲しそうな表情に変わってしまった。

「兄が、死んだので……急な話なんですよ。だから領地経営を、頭に詰め込んでいるところなのです」

「あっ、すみません！　ごめんなさい、知らなくて……」

「いいんですよ、お気を遣わせてすみません」

クレールが穏やかな笑顔でうなずいてくれたので、ほっとした。

「確かにショックでしたし、大変なこともたくさんありました。今まで家を継ぐことなど、まったく考えていなかったので」

ため息とともに、クレールは言った。

「ですが、事故で兄が死んで……突然、跡継ぎになることになって。両親は幼いころに死んでいるので、兄が父のようなものでした。でも先日急に……」

「ご両親もお兄さんもいないんだね、かわいそう……」

カリーヌが目を潤ませて、ひくひく泣き出したのでリュカは焦った。

「おまえのことじゃないよ？　カリーヌ、カリーヌ、泣かないでくれよ」

「そうだけどさ……ひくっ。でも、クレールさんかわいそうじゃない……ひくっ」

慌てるリュカに、クレールが微笑みかけてくる。

「ありがとうございます、カリーヌさん。同情していただけて嬉しいです。リュカさん、お気遣いなく。私は嬉しいですよ」

「そうですか……すみません」

リュカはぺこりと頭を下げた。同時にクレールが笑顔を引っ込めたので、どきりとする。しかしクレールはそんなことは気にしていないというように、真剣な顔で身を乗り出して尋ねてくる。

「いえいえ、それよりこのお菓子、素晴らしいです。どのような作り方をしたんですか？我がクールナン地方でも、作れるでしょうか」

「もちろん作れますよ、レシピ書きますね。『猫背亭』の新しいメニューにもなるし、一石二鳥！」

ついつい、この世界では使われていない言葉を口にしてしまって、慌てて口を噤《つぐ》む。

「ええとクレールさん、どのくらいここにいますか？　レシピを急いで書くから、お持ち帰りになってください」

「それならあちらでも、同じような美味しいお菓子が食べられますね」

「レシピはおみやげにどうぞ！　ほかにもいろいろお料理のレシピありますから。クールナン地方の人たちにも喜んでもらえたら嬉しいな」

「今泣いたカラスがもう笑う……」

そうつぶやいたリュカに、カリーヌは「えへへ」と肩をすくめて笑った。

（……ん？　クレールさんどうしたのかな？）

リュカは首を傾げた。クレールがあたりを気にしていることに気がついたのだ。彼はリユカたちの両親と領地経営の話をしながら、ちらちらとあたりを見ている。

話の谷間を縫って、リュカは尋ねた。

「クレールさん、なにか気になることがありますか？」

「えっ!?　ええっ!?」

クレールは、ものすごく驚いた顔をした。白い頬がかすかに朱に染まっている。

「ええと、そんなにびっくりしなくても……まだお腹空いてます？」

「あにちゃ、そういうことじゃないんじゃ？」

カリーヌに突っ込まれた。そこに、客間のドアがノックされる。

「失礼いたします。お茶をお持ちいたしました」

「アレット、ありがとう」

カリーヌが声をあげる。クレールは今度は大きな声で「あっ！」と叫んだ。

「アレット！　アレット、やっぱりここで働いていたのか！」

「えっ？　ああっ、クレールさん!?　どうしてここに？」

ふたりは揃って驚きの声をあげている。リュカも驚いた。カリーヌと顔を見合わせる。

「ふたりって知り合いなの？　そっかアレット、クールナン地方出身だって言ってた
……？」

両親も驚いている。クレールは、ソファから立ちあがる勢いで驚いていた。

「アレット、クレールさんとお知り合いなの？」

「あ、はい……クールナン地方の領主さまの、弟さん、です」

大きく目を見開いたアレットが、教科書を読むような口調で呟く。クレールが、困ったように微笑んだ。

「兄は亡くなったんだよ。僕が領主の任を継ぐことになって、だから勉強のためにあちこちまわっている」

「そうなのですね……」

アレットは驚きながら、それでもメイドの仕事はきっちりやった。アレットは礼儀正しく部屋を出て、残されたクレールは残念そうな顔をしている。


その夜ふたりは、子ども部屋でひそひそ話し合った。

「なぁ、クレールさん、びっくりしすぎじゃなかった？」

「明らかに過剰反応だよね。これは、ただごとではない」

ふむぅ、と顎に指をかけるカリーヌに、リュカは突っ込んだ。

「探偵かおまえは」

「だってね、あにちゃ……クレールさんって、アレットのこと好きだよね？」

カリーヌがきらりと目を輝かせたので、リュカはにわかに不安になった。あはは、とカリーヌが楽しげに笑ったので、よけいに不安になった。

「だって気になるじゃない？　ドラマチックな再会を果たしたふたりには、どんな運命が待ち受けてるのかなって」

うっとりとそう言うカリーヌに、リュカは首を傾げた。前世の妹が、恋愛小説を好んでいた記憶はないのだけれど。

でもさ、とカリーヌは真面目な顔になった。

「あのときのクレールさんの反応、絶対なにかあるよね。単に故郷の知り合いを懐かしがってる感じじゃなかった」

「父さま母さまと話してるときは、いかにも領主って感じで、きりっとしてたのになぁ」

「アレットが来たら急に、なんかへにゃってなってた……ギャップ萌え？」

「僕は、おまえの趣味がよくわからない……」

カリーヌに突っ込みつつ、リュカもクレールとアレットがどう関わっていくのかが気になるのだ。

次の朝、朝食の席でクレールの予定を訊いた。

「今日はリュカさんたちのご両親の視察について、ラコステ地方をまわることになりました」

「そうなんだ、気をつけてね！」

「いい季節だから、ちょうどいいね」

リュカとカリーヌは、いつもの日課通りに家庭教師の授業を受け、厨房で調理を手伝い、その間にガイイの調理のバリエーションを考えた。

「皮は厚いけど、中身はさつまいもよりもほこほこになったね。蜜と小麦粉と混ぜてクッキーみたいなのも美味しいかも」

「それいいね！　蒸しパンみたいにもできるんじゃない？　あにちゃの作ってくれる、エルプの実の蒸しパン。あれのバリエーションみたいな感じで！」

「そうだな、さつまいもの蒸しパンなんて美味しいに決まってるし。ガイイを使ったら、よりほっこりした味に仕上がるかもね」

わぁいいね、とカリーヌが喜びの声をあげる。

「でもいただいたガイイ、あんまり残ってないんだよな……」

そっかぁ、とふたりで残念のため息をついた。

「クールナン地方に行きたいね。ガイイもそうだし、ほかにもいろいろわたしたちの知らない食材があるんだろうねぇ」

そうだな、とリュカも頷いた。

「アレット、お花のデコレーションがすごく上手だったけど、クールナン地方にはいろんな種類の食べられるお花があるのかな？　それともアレットが偶然見つけただけかな？」

晩餐の手伝いをしながら、兄妹は語った。

「どうだろう？　それにクールナン地方は寒いところだからな、花ってそんなに咲くかなぁ？　ノエルがバルビエ地方で雪の遊び方を教えてくれるって言ってたけど、クールナン地方はもっと寒いだろうから」

「雪山とか、ちょっと憧れるね」

前世のリュカたちが住んでいた地域では、積雪はほとんどなかった。うっすら積もることはあったけれど、雪遊びができるほどではない。

「それでも、ドカ雪降ったことあったよね。公園に遊びに行ったけど防水の靴下とか手袋じゃないからすぐべちゃべちゃになったなぁ。雪ってもとは水なんだなって実感した」

「そうだよな、よく考えたらあたりまえなんだけど。雪も氷ももとは、水なんだよね」

ふたりして前世での話で盛りあがり、ひと息ついて顔を見合わせた。

「ねぇあにちゃ、なんか最近、前世の記憶がすごくよく蘇ってくる感じするね」

「なんでだろうね。なんか……特殊能力？　的な？」

「中二病っぽい！」

カリーヌとともに笑っている中、玄関の方が賑やかなのに気がついた。リュカは玄関を目指して駆ける。カリーヌの足音がついてきた。

「父さま母さま、クレールさん、おかえりなさい！」

「ああ、ただいま」

「ただいま戻りました、リュカさん、カリーヌさん」

いつもながらにクレールは、礼儀正しく挨拶をしてくれた。

両親とクレールの三人は教師と生徒のようで、学ぶ者としての礼儀を崩さず、きちんと長幼《ちょうよう》の序《じょ》を重んじることのできるクレールに感心するばかりだ。

「クレールさん、偉いと思うけどあんまり無理しちゃだめだよ。ほら、顔色が悪い」

「えっ」

クレールも、リュカも驚いた。クレールの顔色が悪いなんて、気づかなかった。

「ですが私は、領主の任をしっかりと務めなくてはならないので……頑張らなくてはいけないのです」

緊張した顔をしているクレールに、カリーヌは眉をひそめた。

「どうしてそんなに切羽詰まってるの？　急に領主になることになって大変なのわかるけど、そんなに頑張らなくてもいいんじゃない？」

「ええ、ですが……」

沈んでいるクレールを前に、リュカは考える。

両親が書斎に向かったので、クレールには客間で休んでもらうことになった。リュカは厨房に駆けていって、マリタンのお茶を淹れてくれるようにお願いした。

マリタンとは、カモミールに似ている植物だ。心が落ち着く香りを放つこの植物をリュカは近くの、バイイの森の中で見つけた。

マリタンはハーブティーにするととてもいい香りで、リラックスできる。リュカがお茶として飲むことを提案してから、ベルティエ伯爵家では定番のお茶になっている。

戻った客間では、クレールとカリーヌが話していた。ソファに腰掛けた疲れた顔のクレールの前、カリーヌは絨毯に座っている。

「クレールさん、今日はどこに行ったの？」

クレールに寄り添うカリーヌの姿は、心理カウンセラーかなにかのようだ。クレールは訥々と、カリーヌに話している。

クールナン地方は夏が暑かったので、作物も例年のような出来ではない。冬は雪に閉ざされるので、農業も酪農も行き詰まる。このような状況で領地を継ぐなんて不安だと、クレールは沈んでいるのだ。

「そっかぁ。クレールさん大変だね。それでも頑張ってるの、すごく偉いね」

カリーヌの表情は、慈母のようだ。クレールの顔つきは穏やかになって、カリーヌににこりと微笑みかけた。

客間のドアがノックされて「失礼いたします」と入ってきたのは、アレットだ。運んできた銀の盆に、三つの茶器が載っている。ほわりと優しい香りが客間に広がった。

「あっ……」

アレットはクレールを見て、表情を動かした。それでも仕事には忠実で丁寧な手つきでテーブルに茶器を並べる。

クレールは、アレットに目を奪われている。アレットもクレールになにか言いたげだけれど、きちんと仕事をこなそうという意思の方が強いようだ。

そのままアレットが頭を下げて客間を辞しかけるのを、カリーヌが引き止めた。

「ねぇ、アレット。もうちょっとここにいてくれないかな」

「えっ……いいんですか？」

クレールは驚いた表情でアレットを見ている。カリーヌの意図がわかったリュカも、クレールを見た。

（カリーヌ、どうするつもりだ？）

リュカはまたカリーヌを見た。カリーヌがこくこくと頷いて、合図を送ってくる。

（ああ、ふたりの邪魔をするなってことか！）

兄妹はさりげなく、すすす……と客間の端に移動した。そしてアレットに向かって声をあげた。

「ちょっと僕たち、父さまたちのところに行ってくる！　それまでクレールさんのお相手をお願いするね」

「えっ、リュカさま!?　カリーヌさま!?」

アレットの慌てる声を尻目に、ふたりは客間を飛び出した。ドアを閉めたリュカはカリーヌと目を見合わせる。

ねぇねぇ、と興奮気味のカリーヌが声を抑えつつ声をあげた。

「クレールさん、絶対アレットのこと好きだよね!?」

「そうだよな、アレットもそうだと思うんだけど！」

ふたり揃って、ドアの方を振り返る。かすかに話し声が聞こえるけれど、内容までは聞き取れない。

立ち聞きは趣味ではないのだ、兄妹は両親がいる書斎に足を向けた。

「お節介したかもしれない……」

「そんなことないよ、わたしの勘は間違ってない！」

ふんすと鼻を鳴らして、カリーヌは胸を張る。

書斎でクレールとアレットの話をすると、父のルイゾンは「おまえたちもそう思うか」と唸って腕を組んだ。母のポレットはいつも以上に、にこにこしている。

「アレットも遠い土地で、知り合いに会えて嬉しいんじゃないかしら。よく働いてくれる子だし、故郷の知り合いとおしゃべりできたら、気が晴れると思うわ」

「そうだといいなぁ」

兄妹はまた目を見合わせた。カリーヌはわくわくしているようだ。リュカは少しばかり（暴走するなよ……）と懸念しているけれど。

客間に戻ると、閉まったドアの向こうから楽しげな話し声が聞こえてきた。

「邪魔しちゃ悪いな……入るのやめとこうか」

そうかなぁ、とカリーヌが首を捻る。

「もしかして、実は話の止め時に困ってるかもしれないじゃない？　あのふたりに関するわたしの直感は、間違ってるかもしれない。だったら入った方がいいと思うんだよ」

感心して、リュカは何度も頷いた。

「なるほど……カリーヌもちゃんと、考えてるんだな」

「どういう意味？」

カリーヌは唇を尖らせつつ、「遅くなってごめんね！」と扉を開けた。

「……邪魔してごめん」

リュカは思わず、そうつぶやいた。

決していかがわしい雰囲気だったわけではない、ただクレールは見たことがないくらいに穏やかで優しくて、そして嬉しそうな表情だったのだ。アレットも、とても柔らかい表情だ。

なによりも、部屋にはあたたかい空気が広がっている。とても居心地がいい、同時に邪魔したような罪悪感が生まれた。

リュカたちに気がついたアレットは、飛びあがらんばかりに驚いた。申し訳ございません！　と気の毒になるくらいに恐縮している。

「ううん、お客さまのお相手も大切な仕事だよ。こちらこそごめんね、邪魔しちゃった」

クレールがリュカたちを見る目に、リュカは（そういうことかぁ）と納得した。ますます（ごめんね邪魔して）という気持ちになった。

楽しい時間だったと、クレールは笑っている。彼の癒やされたような様子に、リュカも安堵した。

アレットは丁寧に、部屋を辞した。クレールは名残惜しそうに、アレットの後ろ姿を見送っている。

さみしそうな顔つきで閉まったドアを見ていたクレールは、リュカたちを振り返ってにこりと笑った。先ほどまでの辛そうな表情はどこへやら、だ。

「ルイゾンさまとポレットさまは、なんておっしゃっておられましたか？」

「ええっ？　あっなんでもなかった、大丈夫だよ。全然問題ないよ、家族のこと！」

そう誤魔化して部屋を出たのを、忘れていた。リュカはふるふる首を振る。

一方でカリーヌはひょいとクレールを見やって、そして言った。

「ねぇ、クレールさん。アレットのこと好きなの？」

リュカはぎょっとして、慌ててカリーヌの口を塞いだ。もごもごするカリーヌの前、クレールは少し恥ずかしそうに、それでも誤魔化さずに「ええ……」と頷いた。

「アレットはいい子だよね。アレットはお花のデコレーションとか得意でセンスいいし、お掃除とか仕事も丁寧だし。父さまも母さまも、アレットのこと大好きだよ」

「いい子……です、か？」

クレールは不思議そうな顔をしている。身体的年齢六歳のカリーヌが、十六歳のアレットを「いい子」と言うのに違和感があったのだろう。

リュカが嗜《たしな》めると、カリーヌは肩をすくめて「えへへ」と笑った。


三日ほど滞在して、クレールはベルティィエ家を辞した。

ほかにもいろいろな地方をまわるらしい。おみやげにと、クレールにはいろいろな料理のレシピを渡した。

「ありがとうございます、これであちらでも『ベルティィエ兄妹の料理』が味わえますね」

「ぜひ、美味しいものを食べてください」

クレールは馬車に乗って、行ってしまった。

見送ったリュカたちは屋敷に戻る。洗濯小屋の近くで、洗濯ものを運んでいるアレットに出くわした。

クレールが出発したことを告げるとアレットの顔にはさびしそうな色が走って、カリーヌが顔を輝かせる。

「アレット、さみしい？　クレールさんのこと好き？」

「えええ!?　べ、別に!?　好きじゃないですし!?」

アレットが、泡を食ったように声をあげた。こんなアレットを見るのは初めてだ。そのままアレットは早足で、アイロン室に行ってしまった。

「アレットってツンデレ？　そういうキャラじゃないと思ってたけど」

「おまえがいきなり訊くからだよ。まぁ……あれじゃないかな。恋は人を変えるってやつ」

「恋！」

カリーヌがきらりと目を輝かせたのに脱力したけれど、リュカも興味はあるのだ。

クレールから手紙が来たのは、その訪問から一ヶ月ほど経ってからだった。

両親の書斎で見せてもらったクレールからの手紙には、教えてもらったことが領地経営に役立っているとの、丁寧な謝礼が書かれている。

「わぁ、レシピも使ってくれてるんだね……もっといろんな種類のレシピ、渡したらよかったね。ほかも欲しいって」

「本当だ。わざわざ代金まで入れてくれてる……」

「きちんとした人だなぁ。こういう人なら領主になってもちゃんとやっていけるよね、領民も安心」

クレールが立派な領主として働くさまが容易に想像できた。うんうん頷きながら手紙を読むリュカに、カリーヌが弾んだ声を向けてきた。

「ねぇあにちゃ、レシピ、わたしたちで持っていこうよ！」

「えっ？」

「ええっ？」

兄と両親の驚きの声を前に、カリーヌは「えへへ」と朗らかに笑った。

「今からだったら、雪国の生活の体験できるじゃない！」

「いやいやカリーヌ、雪国の生活は大変だぞ？　おまえ、そんな経験ないじゃないか。この世界には防水……」

防水加工の手袋もないからすぐにびしゃびしゃになっちゃうぞ？　そう言いかけてリュカは慌てて口をつぐんだ。

子どもたちがおかしなことを言うことに慣れている両親は少し首を傾げたけれど、カリーヌはとても楽しそうだ。

「そんなの、行ってみないとわからないじゃない！」

「それはまぁ、そうだけどさ……」

カリーヌは両親のもとに駆け寄って、クールナン地方への旅のおねだりをしている。

「知らない地方には知らない植物とか果物とかいろいろあるはずだし、食べられる食材もあるかも！」

熱弁するカリーヌを、両親は微笑ましげに見ている。両親は子どもたちの意思を尊重してくれるし、『猫背亭』の運営も応援してくれているのだ。

それにリュカたちの料理が広がればこのラコステ地方、ベルティエ伯爵家の領地の繁栄にもつながるのだから、両親としても反対する理由はない。

とはいえ、子どもふたりで旅はできない。従者の選出などに時間がかかった。誰についてきてもらうか、その相談の席にお茶を運んできてくれたのは、アレットだった。

「ねぇねぇアレット。わたしたちクールナン地方に行くことになったんだ！」

アレットはとても驚いていて、カリーヌはにこにこと頷く。

「クレールさんにレシピを届けるの。それにわたしたちも、冬のクールナン地方を体験したいんだ」

そうなのですね、と抑《おさ》え気味の返事をしたアレットを、カリーヌは首を傾げて覗き込んだ。

「ねぇアレット、一緒に行かない？　アレットに案内してもらえたら心強いな」

「わたし、ですか……？」

「父さま母さま、いいでしょ？　あにちゃもいいよね、アレットがいてくれたら助かるよね？」

すでに決まったことのようにカリーヌは言うけれど、アレットは戸惑っている。

「ですが、わたしはここで働かせていただかなくては……あの、帰るわけにはいかなくて」

「リュカたちの供をするのも仕事だよ、アレット」

そう言ったのは、ルイゾンだ。

「仕事だからもちろんお給金は出るし、旅の同行の手当も出すわ。うちの子どもたちをしっかり案内してほしいの、大切な仕事よ」

続けたのはポレットだ。夫婦はにこにことアレットを見ている。

「はい、それでしたら……」

おずおずとアレットが頷く。カリーヌは「わぁい！　よろしくね」と声をあげてアレットの手を取って、ぶんぶん振っている。

そんないきさつがあって、リュカとカリーヌは北部クールナン地方に向かうことになった。

第三章　雪山登山

馬車から降りたカリーヌは「寒っ！」と叫んで、馬車の中に舞い戻った。

「寒い……かなぁ？　確かにあったかくはないけど、寒いってほどじゃなくない？」

「そんなことない！　寒い寒い！　上着上着！」

カリーヌは大騒ぎしながら、馬車に載せた荷物をかきまわしている。兄妹の供の従者たちも、到着してすぐ上着を出す羽目《はめ》になるとは思わなかったようだ。

「カリーヌが寒がりなのは知ってたけど、ここまでとは思わなかったなぁ」

「わたしも、こんなに寒いなんて思わなかった！　今の時期からこんなに寒いの、この先わたし、どうなっちゃうの!?」

頼りになるのは、ここ出身のアレットだ。リュカは、後続の馬車に乗っているはずのアレットを捜した。

「あれ、アレット？」

目的の建物の方から、なにか大きなものを抱えたアレットが走ってくる。茶色くて嵩高《かさ》くて、もこもこしている。

「カリーヌさま、これをどうぞ」

「わっアレット、ありがとう……これ、上着？　もこもこで気持ちいいね！」

「ふふ、気持ちいいだけじゃなくてとても暖かいですよ」

もこもこ上着をまといながら、カリーヌは歓声をあげた。

「本当だ、あったかさがじわじわくる。これ毛皮なんだ、すっごく柔らかい……」

上着はポンチョ型になっていて、アレットは中の腕をぱたぱたさせた。

「これ、下から冷たい空気が入ってこないの？　今はあったかいけど、風が吹いてきたら入ってきて寒くなりそう」

「そんなことないんです、下は空けておいてもいいんですよ」

アレットはてきぱきと、カリーヌの世話をする。

「上はここ、襟もともぴったりふさがれてるでしょう？　上が詰まっているので暖かい空気は中から逃げません」

「へぇ、そうなんだ？」

カリーヌは上着の裾をぱたぱたさせている。「そうか」とリュカは頷いた。

「これ、空気の性質を利用してるんだね、さすが寒冷地の知恵だね」

「へぇ？　性質？　どんな？」

「暖かい空気は比重が軽いからね、暖められた空気は上に上にのぼっていくから。だからエアコンとサーキュレーターを併用してたんだよ、空気の温度が偏《かたよ》らないようにかき混ぜるんだ」

アレットは不思議そうな顔をしている。この世界では通じない話をしてしまった。カリーヌの笑顔に答えて、アレットもにっこりと微笑む。

アレットは、カリーヌのまとった上着の表面を撫でた。カリーヌは不思議そうに首を傾げる。

「毛を内側にして仕立ててるんだね。毛の側って外に出すものだと思ってたけど、こうすると暖かいんだね」

はい、とアレットは頷いた。

「本格的に寒くなれば、この上にもう一枚、毛皮を外に向けた上着を重ねます。これはバイエの毛皮で、軽いので重ね着できます」

「バイエって?」

「山岳地帯の動物ですよ。角の生えた馬のような動物で、毛がふわふわなんです。毛を刈って織物にしたりもしますよ」

「へぇ……今はこれで充分暖かいけど、もっと寒くなるんだね……」

恐れるように、カリーヌはぶるっと震えた。

「今はまだ大丈夫ですよ。あっ、暑くなりすぎたら襟を引っ張っていただくと、暖かい空気が逃げて調整できますよ」

「そうか、ありがとう！」

寒さ対策のおかげで、カリーヌにも余裕ができたようだ。アレットはやはりてきぱきと、馬車から荷物を下ろしている従者たちを手伝っている。

ここはクールナン地方の領主の館、フェレール家の敷地だ。

とても広い。敷地も広ければ館も大きい。そびえ立つフェレール家はベルティエ家の屋敷よりも大きくて、リュカたちは唖然と見やった。

とはいえ、豪華さではベルティエ家のほうが上だと感じた。フェレール家は門扉や壁の装飾が少なくて、より実用性が優先されているような印象だ。

「あっ、クレールさん！」

目の前の屋敷から人が出てくる、先頭にはクレールがいる。にこやかな笑顔だ。

「おふたりとも、よく来てくださいました」

「お邪魔します、よろしくお願いします！」

お待ちしておりましたよ、さぁどうぞ、とクレールは大いに歓迎してくれた。

「バイエの毛皮ですね。カリーヌさん、よくお似合いです」

「これ、アレットが持ってきてくれたの。そうか、アレットが借りてきてくれたんだね。

ありがとう！」

アレットを振り返ると。アレットもにこにこ笑っている。

「いいえ、ここはわたしの故郷ですから。なんでも訊いてください、頼ってください」

「頼りにしてる！　すっごく頼りにしてる！」

カリーヌの返事に、アレットはにこにこしている。自分の力が発揮できることが、嬉しいのだろう。

兄妹は屋敷の中に招かれた。クレールの両親や兄弟はいないとのことだけれど、出迎えてくれる者は何人もいた。執事やメイド頭《がしら》たちが、丁寧に頭を下げてくる。

その後ろに立つ人物の視線が、ひどく気になった。

（誰……？）

リュカと同じくらいの年齢の女性だ。淡い青の目はクレールと同じだ、髪は少し濃いめで、金髪というよりオレンジに近い。くるくる縦に巻いている、背を覆う長さの髪に（リアルお嬢さまへア……）と見とれてしまった。

彼女は、にっこりと微笑んだ。

「お客さま方、いらっしゃいませ。クレールの妹、マリエルと申します」

「こんにちは、カリーヌです！　クレールさんの妹さんなんですね、お世話になります」

ふたりの女の子は、スカートをつまんで優雅に挨拶をしている。見ているだけでほっこり癒やされる光景だ。

マリエルはクレールと似た容姿をしている、確かに兄妹だ。マリエルと目が合った。笑顔が、とてもかわいらしい。

その淡い青の目に、ふっと怒りが宿ったのをリュカは見た。

（えっ？）

慌てて振り返った先には、アレットがいる。アレットはマリエルに厳しく見つめられて、意外だという表情だ。

（なにか、ある）

ぴーんときた。目を見合わせたカリーヌも同様のようだ。兄妹は、こくこく頷いた。

（修羅場《しゅらば》の予感……！）

いつもの穏やかな調子でリュカたちを招き入れてくるクレールは、妹《マリエル》と幼なじみ《アレット》の間のおかしな空気には、気づいていないようだ。

「お客さま方、どうぞこちらに」

「はい、お邪魔します」

フェレール家の屋敷の内装は、シンプルイズベストという印象だった。

装飾よりも実用。窓が小さいので室内は暗い。あちこちに灯りがついているけれど、太陽光には敵《かな》わない。だからなんとなく、気分が沈むような感じがした。

そんなリュカたちの反応に気がついたらしいクレールが、苦笑する。

「私がラコステ地方に伺ったときは、建物の窓が大きくて驚きました。それほど寒くないから、窓を大きくできるのですね」

クレールが北の地方のいろいろを教えてくれる。リュカとカリーヌの知らないことばかりだ。

「そっか、窓が大きいと寒いのがどんどん入ってきちゃうもんね……断熱材とかないから、こうしないとだめなんだね」

「僕たちの育ったラコステ地方はさ、やっぱり温暖なんだね。だからこそ夏の暑さは、牛とかにも影響を与える」

ふたりは客間に案内されて、見慣れないものを目に首を傾げた。

「ソファとかクッションとか、これ毛皮ですよね、ええと」

「バイエの毛皮ですよ」

建物は簡素だけれど、家具はとても豪華だ。勧められて、恐る恐る座る。カリーヌが部屋をきょろきょろ見まわした。

「わぁ、絵がいっぱい飾ってあるね。雪山とか迫力あるなあ、真っ白だ。素敵だね」

「本物もこんな感じなのかなぁ？」

ふたりは絵画に見入った。そこに白と黒のお仕着せのメイドがお茶を運んできてくれた。

あたりに甘い香りが漂う。

　メイドがリュカたちの目の前に置いてくれたカップには、温かそうな飲みものが満たされている。鼻にも目にも美味しそうだ。

「バター茶だ！」

「なに？　バター茶？」

「うん、紅茶に砂糖と牛乳と、バターを入れて沸騰直前まで温めたお茶。バターと牛乳だから、もしかして今年のものは例年ほどは美味しくないかもしれないけど、でもそこに工夫ができる、かも？」

　クレールに乳製品のできのことを問うと、クレールは「よくおわかりですね」と頷いた。

「こちらでも家畜は、夏の暑さの影響を受けていましてね。例年のような味ではないのですよ」

　クレールの困った顔に、リュカは「わかる……」と頷いた。

「ねえ、クレールさん」

　壁の絵に気を取られたままのカリーヌが、ひょいっと指を差す。白い山の絵に、クレールは「ああ」と頷いた。

「あれはドラポー山といって、クールナン地方最大の山ですよ。もう少ししたらあの絵のように真っ白になります。まだ雪は深くないので、登ってみますか？」

「登れるの？　この山に？　クレールさん、わたし登ってみたい！」

そういうわけで、リュカたちは山登りに挑《いど》むことになった。


ドラポー山への登山は、クレールが先導してくれた。

クレールは頼り甲斐のある山岳《さんがく》ガイドで、リュカとカリーヌはついていくだけでよかった。着るものも靴も用意してもらったので装備は万全だ。

「見てください。あの絵は、ここからの景色です」

「わぁぁ……」

クレールが指差した先を見て、リュカとカリーヌは声をあげる。フェレール家の客間にあった絵と同じ角度だ。今はうっすら白い程度だけれど、これから真っ白になるのだろう。

そのことを尋ねると、クレールは「そうですね」と頷いた。

「あの絵くらいに雪が積もれば、登るのは難しいですけれどね。その時期はおふたりをお連れできません。危険ですから」

「危険なんだ……」

カリーヌがぶるりと震えた。あんなにはしゃいでいたのに、やはり現地に来ると違うのだろうか。圧倒されているようだ。

クレールに先導されて、ふたりは頑張って山を登る。大した傾斜ではないけれど、慣れていない身には登るだけで精いっぱいだ。

ぜいぜい荒い息のリュカたちを、クレールが励《はげ》ましてくれる。

「あっ、雪が積もってる！　この向こう、ずっと雪だ！　雪がいっぱい！」

カリーヌは歓声とともに駆け出すと、雪の中にばったりと倒れ込んだ。

「ほらほら、ふわふわの雪だよ！」

そしてきゃっきゃとはしゃいでいる。誰も踏んでいない雪に突っ込む勇気は、リュカにはない。どうしても足跡で汚す勇気はなくて、だから妹の豪胆《ごうたん》さには恐れ入るばかりだ。

「わっ！　甘い……？」

「えっ本当に？」

リュカも駆け寄って、雪を舐めてみた。

「甘い……ほのかに、甘い」

「ねぇ、この世界の雪って甘いのかな？　なんで？」

「わかんないけど……」

リュカはちらりとクレールを見る。不思議そうなクレールにとっては普通のことなのだろう、だから訊いても理由はわからないだろうけれど、とても気になる。

「アイスクリーム食べたい」

「そうだよな……ほのかにちょっと甘いから、なんだか舌が思い出す……思い出したら食べたくなった……」

「あにちゃはバニラ好きだったよね、スタンダードこそ王道とか言ってた」

雪の中に転がったまま、ふたりはちいさな声で話し合った。

「バニラが美味しいメーカーはなんでも美味しいんだ、和食の出汁《だし》、洋食のコンソメスープみたいなもん」

「わたしは断然、いちごのアイスだな！　ピスタチオのジェラートとかオレンジのソルベもいいなぁ……」

兄妹は顔を見合わせた。同時にごくりと喉を鳴らす。

クレールが首をかしげているので、なんでもないとリュカは慌てて微笑んで見せた。カリーヌも立ちあがる。上着の裾についた雪を、ぱたぱたと払った。

バイエの毛皮でできたミトンについた雪が、体温で少し溶けている。みぞれになってぱらぱら落ちる。

「残念ながら、この世界の雪が溶けないってことはなさそうだな。少し溶け方が遅いような気はするけど」

「雪は水だからね……この世界でも水は水だから。そうでなくちゃ困るんだけど」

「そりゃそうだ」

カリーヌの言うことに頷きながら、リュカは考えていた。

(この雪を、冷やすのに使えないかな……保冷バッグみたいなの、ないのかな?)

チーズケーキを作ったときを思い出す。冷やすことができたら、割れてしまう表面を隠さなくてもきれいに焼けるのに、もっと美味しくできるのに。

クリームを塗って花で飾るとか、カラメルを載せるとか、それはそれで素晴らしい一品だけれど、やはり『チーズケーキ』を作りたいのだ。

(どうやったら雪を、溶けないように運べるかなぁ。うーん、冷やしておける道具がほしい……)

ここは、立木の少ない場所だ。だから遠くの雪の積もったところも見渡せた。

夏の間には緑草が群生しているのだろうけれど、今の季節はほぼ枯れている。それでも枯れ草は枯れ草で、牛や羊の餌になる。

(北海道で酪農が盛んな理由ってなんだったっけ……そもそも寒いから、酪農にも作物収穫にも向いてないんだ。でも、とにかく広いから)

ええと、とリュカは首を捻った。

(明治時代に、北海道に移住した開拓者たちが、土壌《どじょう》改善とか作物の品種改良したりして、あれだけ実りのある土地にしたんだ……気温が低くて降水量が多いところは、酪農に向いてるって聞いたかな。ここ、似てるような、気がする……)

山を下りて屋敷に戻ったクレールの表情が、ふわっと変わった。アレットが、大きな厚い布を持って出迎えてくれたからだ。

三人は、アレットのてきぱきした手つきで濡れた上着を脱がされ、水気を拭き取られた。部屋に案内されると、湯気の立つバター茶が出される。

「ありがとう、アレット。このあったかい上着のおかげで雪山も寒くなかったよ」

それはよかったです、とアレットはにこにこしている。

「わたしの上着、前に借りたのよりもサイズぴったりだった！」

「こちらはマリエルさまのものです。お借りしてまいりました」

そうなんだ、と顔をあげたカリーヌは、ちょうど部屋の前の廊下に翻った水色のスカートを見つけたようだ。

「マリエルさん、上着ありがとう。助かったよ！」

「どういたしまして、楽しんでいただけたようでなによりですわ」

マリエルはとてもにこやかで、愛想がいい。マリエルはリュカとカリーヌには優しい視線を向けてくるけれど、アレットに向ける目は不機嫌だ。

アレットを見たマリエルは「ふん」と顎を反らせて行ってしまった。

脅えたような顔をしたアレットは、それでもリュカたちの付き添いの役を果たしてくれた。

着替えて身なりを整える。部屋を出ると、メイドに「お食事、どちらで召しあがりますか？」と尋ねられた。

「やった、ごはん！　お腹すいた！」

カリーヌがはしゃぐ。メインの食堂でいただくことになって、案内されて入室する。いちばん奥に主の席があって、その手前にふたりぶんの食事の用意がされていた。奥行きの深い細長い部屋だ。長いテーブルにたくさんの椅子が並べられている。

「わぁ、今日のお食事はなんなのかな？」

カリーヌはうきうきと席に着く。リュカも楽しみで、くんくんと鼻を鳴らした。

「今日のお料理、見た目は根菜の煮込み？　このとろっとした感じはシチューかな？　でも色的に牛乳は使ってないよね……デミグラスソース的な？」

メイドたちが次々に、美味しそうな料理を運んできた、ずらりとテーブルに並べられる。兄妹揃って歓声をあげて礼を述べた。

「このお芋、ドッス？　あれっ、違うかな。ドッスよりも粘《ねば》りは少ないね。でもガイイよりもほくほくした食感だ」

「いろんな食材がくつくつ煮込まれてる……この甘み、洋風な感じでもあり和風な感じでもあり……和風はないか」

もぐもぐしながら、リュカは考えた。

「この具の感じ、食べた感じは芋煮っぽいなって……でも甘みが強い。甘いというか、味が丸い？　この味わいは牛乳っぽい……でもそれだけじゃない。うーん……」

食後にふたりは、厨房に案内してもらった。いただいた料理の詳しいことを訊きたかったのだ。

リュカたちの質問に答えてくれたのは、フェレール家の調理係の長だ。

「この芋は、アゼマといいます。より深いところにできる芋なので収穫は大変ですが、雪の下でも増え続けるので、この地方では一般的な食材です」

「アゼマ……ああ、なんか里芋っぽいのわかる。ぬめりの舌触りが、懐かしい感じだった……ほくほく具合はガイイ以上だね」

「里芋なら、含まれているガラクタンとムチンっていうぬめり成分が、ぬるっとする理由なんだけど」

鍋に残ったアゼマ料理を、改めて味見させてもらいながらリュカはうんうん頷いた。

「このアゼマは……甘いし、味が丸いし。里芋じゃないな。この粘つきは澱粉質だろうなぁ……サレップみたいな感じもする、けどそこまでじゃないかな？」

「サレップ？　ってなに？　この世界の食材？　そんなのあったっけ？」

「違う、あっちの」

前世の、と言いかけて口を噤んだ。聞きつけられて「ゼンセってなんですか？」などと訊かれては返答に困る。

「トルコアイスってあっただろう？　すごく伸びるアイス。あれはサレップっていって山に自生するラン科植物の球根から採れた粉を使ってるんだ。サレップはすっごく粘性《ねんせい》がある。消化管粘膜の保護剤に使われてたりするんだ」

目を輝かせたカリーヌは、「それでそれで？」と先を急かす。カリーヌに煽られて、リュカの記憶はますます冴えた。

「サレップとまではいかなくても、アイスクリームのねばねばはでんぷんの中のアミロペクチンとか、そういう成分の効果だから。そのアミロペクチンの構造の中に水分が入ると粘りが出る。そうしたら水分が出にくくなって、粘性を保てる」

リュカの話を聞きながら、カリーヌは渡された小皿の中のアゼマをつかまえて、もぐもぐしている。

「同じことが葛《くず》でもできるんだ、やっぱりねばっとしてて水分を保てるから溶けにくいんだ。このアゼマにもそういう感じの粘性があるみたい……」

「それはそれとして、これ美味しいね！」

「お、おう……そうだな」

カリーヌはちゃんと聞いているのか？　疑いつつも料理の美味しさは疑いようがない。

兄妹が揃って「これ美味しいね！」と声をあげる。クレールはにこにこと「それはよかったです」と嬉しそうだ。地元のものを褒められると嬉しいのは誰しも一緒なのだろう。

「このアゼマ、甘いね？　お菓子みたいな……でも甘すぎない、あにちゃの『丸い』って表現、わかる。お菓子にも使えそう」

「もしかしたら樹蜜以外の甘みに使える？　ねぇ、このお料理。牛乳使ってますか？」

「ええ、と」

料理長は、なにやら意気消沈してしまった。

「このラコステ地方では、今年の牛乳の質がよくないんです。だからいつものようにはできなくて、野菜や果物の絞り汁や煮出した汁やらを使って、味を誤魔化しました……」

彼女としては不本意らしい。しかしリュカは「なるほど！」と声をあげた。

「おお、ソースで味を調《ととの》えたんですね、牛乳の質とか気にならないです。工夫が効いてると思います、美味しいです！」

調理係はほっとしたように、嬉しそうに笑った。リュカはさらにクールナン地方の特産物や料理などの話を訊いて、話は盛りあがった。作ってみたい料理のレパートリーが増えた。

その夜リュカたちは、部屋に並べられたベッドの上で熱心に話し合った。

「ねぇあにちゃ。お夕食のときのことだけど。前、ガイイのスイートポテト作ったじゃない？」

ん？　とリュカは首を傾げる。

「同じお芋っぽいアゼマ、こっちも今夜食べたみたいに煮込んで食事としていただくのもいいけど、スイーツにしたいな。甘いし、とろっとしてたし。それこそアイスクリームに使えない？」

「お芋からアイスクリーム作るって、それ面白いな……」

カリーヌの言葉に、リュカは考え込んだ。

「アゼマは僕たちの知ってるお芋じゃないし。でも使い方次第で、今年の牛乳の味をカバーできるんだな……」

「おお、あにちゃの頭に閃《ひらめ》きが生まれようとしている！」

「冷やかすなよ。でも、冷やせないからなぁ……チーズケーキも冷やしたい。雪があるうちは使えるか。でも長いことは保たないよな……なんかこう、雪とか氷とか長持ちさせる……冷蔵庫的な、なにか……おいカリーヌ？」

「ぐう」

「もう寝た!?」

カリーヌが平和な寝息を立てているのを聞いていると、リュカも眠くなってきた。

カリーヌの寝息に引き込まれるようにリュカも目を閉じていて、朝の鳥の声で目が覚めた。

きらきらと眩しい太陽光が、リュカを起こした。ガラスの代わりに厚い雨戸があるのだけれど、隙間から朝の光のきらめきが射し込むのだ。

「わぁ、すごくきれい……」

「……本当だ」

カリーヌの寝ぼけた声が聞こえた。目を擦っているカリーヌに「おはよう」と告げる。

「おはようあにちゃ。なんかこんなのあったよね……春はあけぼの？」

「あけぼのって夜明けのころだぞ。今はもう明け方には遅いだろう……『枕草子《まくらのそうし》』だったよな。過ぎにし方恋しきもの、あてなるもの……」

「なんだっけ、それ？」

うーん、とリュカは記憶の奥を探った。

「過ぎ去った昔が恋しく思い出されるもの……枯《か》れたる葵《あおい》。雛《ひな》あそびの調度。あてなるものは、上品なもの……ええと、削り氷にあまづら入れて、新しき鋺《かなまり》に入れたる、だったっけ？」

カリーヌに問われるまま、前世の記憶の奥から溢れ出てきた『枕草子』の一節を、思い出すがままに呟いた。

「鋺《わん》、金属のお椀……そうか、木製冷蔵庫！」

「えっ、なに？　なんのこと？」

脳裏を貫いた閃きに、リュカは声をあげた。

「金属のお椀なら冷たさが持続できるだろう？　長くは保たないだろうけど、でもケーキを冷やすくらいはできるだろう」

「木製冷蔵庫ってなに？」

「昭和の初期とかに使われてた冷蔵庫だよ。檜《ひのき》とかの木でできた冷蔵庫、電気を使わないやつ。郷土資料館で見たことがある」

「電気なしで、どうやって冷やすの？」

「上の棚に氷を入れるんだ。冷たい空気は下に流れるから、下の段に食品を置いて、そしたら冷える……ほら、バイエの上着もそうだろう？　あったかい空気は上に行くから、下を閉めなくても襟元を閉めておけばあったかい。それと一緒」

へぇ、とカリーヌは頷いた。

「あったかい空気は、膨張して密度が低くなるから。つまり比重が軽くなるから、上に昇る。冷たい空気は密度が高いから比重が重い、だから下に降りる」

「ほおお……」

「がんがん冷えるわけじゃないから、アイスクリームを保存するとかは難しいかも。でも一時的に冷やすくらいなら、できるんじゃないかな？」

「わぁ！　冷やせるんならチーズケーキ、ベイクドだけじゃなくてスフレも美味しくできるね！」

「そうなんだよ。きれいなスフレチーズケーキは冷やせば、割れるのが抑えられる……うまくできる、かも。そうか……スフレチーズケーキ……ふわふわチーズケーキ……」

リュカは、ふわふわのスフレチーズケーキの記憶に引きずられるままに話した。

「木製冷蔵庫は、檜でできてるんだよな……木目が細かくて歪《ゆが》みが少ないから。湿度が高いときは湿度を吸収して、乾燥すると水分を出すっていう湿度調節をしてくれる木材だ」

「すごいね！　そんな木材、この世界にあるかな？」

「うーん、どうかなぁ……木製冷蔵庫は、そういう木材で作った箱の中に金属の板を貼って、断熱性を持たせるんだ。雪とか氷とかも、できるだけ溶けないようにして……うーん、僕たちの手には余るなぁ」

「モーリスさんに相談しよう？」

カリーヌの頭の上の電球《イマジナリー》が、ぱっと灯った。

「そうだな！　モーリスさんに、ここの土地が酪農に向いてるかもって話もしたいんだ。ほらドラポー山の上って、夏には背の低い草が群生するって」

うん、とカリーヌが頷いた。

「冷涼で降水量が多いところには広い範囲に草が生えるから、それを餌に牛とか豚とか山羊を放牧するんだ……そうだな帰って、モーリスさんに相談しよう」

「お腹空いた！　早く食堂行こう？　今朝はどんな美味しいものあるかな？」

「うん、そう、だな……」

そういえば空腹だと、リュカも気がついた。

着替えをして部屋を出ると、廊下の向こうの人影に気がついた。はっとしてリュカは、カリーヌに視線で「隠れるよ！」と告げた。

階段の下のスペースにいるのはアレットと、そしてマリエルだ。暗い場所にいるけれど、くるくるの淡い金髪は目立つのだ。

声が小さくて、はっきりと聞こえない。それでもマリエルがアレットを責めているのはわかる。

「お兄さまは、あんたなんか相手にしてないの。身分違いなの。お兄さまに色目を使うのはやめなさい？」

「わたし、色目なんか……」

「お黙り！」

（うわっ、修羅場だ！）

動揺するリュカの隣、カリーヌが「ほえええ……」とおかしな声をあげている。ふたりはこくこく頷き合うと、足音を忍ばせてその場を立ち去った。

「修羅場だった……」

現場から距離を取った場所で、リュカは大きく息をついた。

「色目を使うなんて言葉、リアルに初めて聞いたよ。映画みたいだ……そのうち泥棒猫とかって言葉も出てきそう」

うーん、とカリーヌは難しい顔をしている。

「アレット、こっちに来てから元気ないよね……やっぱりマリエルさんにいじめられてるからなのかな。クレールさんは知ってるのかな……？　アレットがかわいそう」

神妙な声音でカリーヌはつぶやく。いつも淡々とマイペースなカリーヌが、そんなことを言うとは思わなかった。妹の意外な一面を見たと驚きながら、食堂に向かう。

朝食は、ガイイとフィケの煮込みスープだった。いい匂いに、ぐうと腹が鳴った。

（やっぱり寒いところはお芋系の料理が多いんだな）

クールナン地方に来てから芋料理は何度も食べたけれど、今日も美味しかったのでおかわりした。

第四章　家族の絆

「おおお、あったかい！」

　馬車から降りたカリーヌが、両手を挙げて喜びの声をあげた。

「やっぱりこっちはあったかいよ。ほんとうに気温、かなり違うんだなぁ」

　リュカとカリーヌは、ラコステ地方に帰ってきた。生まれ故郷の見慣れた光景なのに、雪がないことに違和感がある。

　クールナン地方では雪の寒さに怯《ひる》んでいたのに、勝手なことだとリュカは自分に笑ってしまう。

「明日には『猫背亭』に行かなくちゃね！」

　うきうきした調子でカリーヌが言った。

「あっちで仕入れたお料理のいろいろ、新しいメニューとして相談したいね。オーブリーは手が空いてるかな？」

「うん、オーブリーにも話を聞いてほしいよな」

クールナン地方では、今まで食べたことのない食材や料理を知った。得た知識をもとに新しいメニューを『猫背亭』で提供したいと、馬車の中でずっと相談していたのだ。

「早く形にしたいね、うずうずする」

とはいえ、今は夕食前だ。一日でいちばん忙しい厨房の邪魔をしてはいけない。リュカたちは、帰宅の挨拶のために両親の書斎に向かった。

「父さま、母さま！　ただいま！」

出迎えてくれる両親の腕に、カリーヌが飛びついた。勧められてリュカたちは、ふかふかのソファに座った。

書斎の暖炉は、きれいに掃除されている。乾いて今すぐにでもよく燃えそうな薪がたくさん積んであるので、火を入れる準備は万端だ。

ラコステ地方でさえこうなのだから、クールナン地方はすぐに雪が積もって、本格的な冬になるのだろう。

（クールナン地方の冬の料理って、どんなのがあるのかな？）

好奇心が疼く。その横で、カリーヌは両親に甘えている。

「ねぇ母さま、クールナン地方は寒くてね、だからソファも毛皮だった。もこもこの毛皮、気持ちいいねぇ」

「そうね、毛皮はあまりこちらでは使わないわね。そこまで寒くはならないから」

まとっているケープの裾をひらひらさせながら、カリーヌは声をあげる。

「あっちには、毛皮でできた上着もあったよ。すっぽり覆うくらい大きくて、首もとは締まってるけど裾はひらってなってるの。でも寒くないの」

まるで自分が発明したかのように、カリーヌは得意げだ。

「あったかい空気は上に昇るから、あったかさは逃げないんだよ」

そうなのね、とポレットはにこにこしている。

「父さまも母さまも、また一緒に行こうよ、美味しいものもたくさんいただいたよ！」

ルイゾンが「ほう？」と目を輝かせる。

「そうなの、お話聞いて！　あっちにはいろんな種類のお芋があって、いろんな味とか粘りとかあるんだ。あのお芋で、いろんな料理を作りたいな。ねぇあにちゃ？」

「うん、アゼマってお芋なんだけど甘いんだ。甘すぎないんだけど充分甘いから、お菓子にも使えそう。とろっとした感じも美味しいんだ」

「ははは、リュカもカリーヌも、料理のことになると夢中だなぁ」

楽しそうにルイゾンが笑って、息子の肩をぽんぽんと叩く。

「おまえたちの発想や実行力は、ほんとうに素晴らしい。私たちの誇りだよ。私たちも少しでもおまえたちの力になりたいと思っているんだ」

「父さま、ありがとう……」

リュカは父を見あげた。にっこりと微笑まれて頭を撫でられる。励まされて胸を熱くしたリュカは、クールナン地方で仕入れたいろいろな料理の情報を話した。話し出したら、止まらない。

「そうそう、冷蔵庫を作りたいって考えてるんだ。冷やすことができたらいろいろな料理のレパートリーも増えるし、そうしたらもっと美味しいものを食べられる！」

リュカは、はしゃいだ声をあげた。

「それに今年の牛乳があまりいい質じゃないってこと、それもいろいろ調理することで改善できると思うんだけど、冷蔵庫があったらできることが増えるって、気づいたんだ」

うんうんとリュカは、自分の言うことに頷いた。

「もっと美味しいもの、いろいろ食べられるようになったらみんなも嬉しいんじゃないかな」

言葉を切って、リュカはため息をついた。

「でも、どこから手をつけたらいいかわからないんだ。僕たちお料理はできても、家具みたいなもの作るのは無理だから」

「ほぅ、なるほど」

ルイゾンもポレットも、リュカの話をうんうんと聞いている。立派な大人である両親が、ほんの子どもであるリュカの話を真面目に聞いてくれることが嬉しくて、つい滔々《とうとう》と語ってしまった。

カリーヌもにこにこしながらリュカの話を聞いている。調子よく話していたけれど、家族のいかにも「微笑ましい……」といった視線を受けていることに気がついて、恥ずかしくなった。

「ええと、なんかいっぱいしゃべって、ごめん……」

「そんな顔しなくていいんだ、おまえの話は興味深い、とても楽しいよ」

ええそうよ、とポレットも微笑んでいる。

「リュカの言っていること、お兄さまに相談してみたらどうかしら。ねぇ、ルイゾンさま?」

モーリスのことがポレットの口から出て、リュカはカリーヌを見、カリーヌはリュカを見た。

(確かにモーリスさんは、よくわかってくれてる人だ。モーリスさんなら、細かい説明をしなくてもわかってくれると思うんだよね)

次の日、兄妹は揃って『猫背亭』に向かった。カリーヌはうきうきする気持ちを隠さずに、店までの道をスキップしている。リュカも、少しつられた。

「なんだか、すごく久しぶりな感じがするね！　実際久しぶりだけど。お店のこととの連絡は受けてたけど、自分の目で見たいもんね」

カリーヌの弾む声に、リュカもうんうんと頷いた。寒くなって草が枯れ始めた丘の向こうに明るい色の店舗がある。『猫背亭』だ。

店の前の掃き掃除をしている女の子が、ぱっと顔をあげる。

「あっ、リュカさま、カリーヌさま！　おかえりなさい！」

「本当だ、おかえりなさい、帰ってきてくださって嬉しい。いろいろ聞きたいことがあるんですよ！」

店員たちに歓迎されて、リュカは照れた。カリーヌはきゃっきゃと抱き合って、はしゃいでいる。その光景に、リュカはとても感心した。

（カリーヌはすごいなぁ……ああやって交流するの、全然躊躇《ちゅうちょ》ないし。僕はだめだな、もっと積極的になりたい）

きゃっきゃしているカリーヌたちから少し遠くで、リュカはその光景を見ていた。

あたりの草は、すっかり枯れている、それでも女の子たちがはしゃいでいる光景の華やかさは、真夏の陽と緑の輝きにも負けていない。

「あにちゃ！　あにちゃも混ざって？」

僕はいいよ、と肩をすくめたけれど、カリーヌは「そんなこと言わないで！」と楽しそうに笑っている。ぱたぱた走ってきたカリーヌに、ぎゅっと手を握られた。

「あにちゃ、行こう！」

ふたりで店内に入った。ふわりといい匂いが鼻をくすぐった。

「あっいい匂い」

「本当だ、今日はバジケテル料理がメインかな……」

こうやって、リュカたちがいなくてもちゃんと店を回転させてくれていることがわかるから、安心していられるのだ。

「おはよう～！　お久しぶり！」

店の奥の窓からは明るい光が入っている、ピンクに塗られた店内は掃除が行き届いていて、とても清潔だ。

出迎えてくれた店のスタッフに、歓迎された。里芋に似たドッスで作ったスイーツは『猫背亭』の新作だ。

「わぁ、これは新しいメニューだね。どんな感じ？」

「好評ですよ、特に若いお客さまに人気があります」

この新作、スイートポテトふうのスイーツはクレールのおみやげだった、ガイイの味や食感を再現してみたつもりだけれど、ドッスはやはりガイイとは違う。皆は美味しいと言ってくれるけれど、リュカは満足していない。

（もっと美味しくできるはずだ。ガイイの味とか食感とか、再現したい）

リユカが決意の握りこぶしを作ると、目が合ったカリーヌがにっと笑ってきた。

カリーヌが、クールナン地方での食事について熱く語っている。古参《こさん》のスタッフがうんうんと頷いている。

「ドッスを甘くするなんて思ったこともなかったですけど、とても美味しいから。お客さまも甘いメニューはもっとないのかなっておっしゃってました」

「ああそうだ、ふわふわチーズケーキって、食べてみたくない？　スフレチーズケーキっていうんだけど」

「すふ……？」

首を傾げたのは、母のポレットと同じくらいの年齢の女性だ。

「えっと、チーズを使ってケーキを焼くんだけどね、スフレチーズケーキは、クリームチーズと、白身と黄身にわけた卵と牛乳と、蜜と粉と、エルプの実の絞り汁とを混ぜて、湯《ゆ》煎《せん》で焼くケーキなんだ。ふわふわチーズケーキって言うか、そんな感じ」

「湯煎で……ああ、水を張った器をオーブンに一緒に入れて、蒸し焼きにするやり方ですね」

彼女は、うんうんと頷いた。

「最初は、湯が蒸発してしまうんじゃないかって、心配しましたけど。でもとてもしっとり焼きあがるの、驚きました。あんな、ふわふわのクッションみたいになるなんて」

「そうそう、フォークの先とかすっと吸い込まれる感じ！」

カリーヌが声をあげると、彼女はまたうんうんと頷いた。

「リュカさまが作るケーキを見るまでは、ふわふわのケーキなんて信じられませんでした」

「そうだよね、ケーキってパウンドケーキとかバターケーキみたいなのが多いもんね。あれも大好き！」

それでもふわふわのケーキというのは一般的ではない。

（みんなに、ふわふわのケーキを食べてもらいたい……）

話しているカリーヌたちを見ながら、リュカは脳内で、工夫の算段を始めた。


次の日。リュカは改めて、ふわふわチーズケーキに挑戦した。

今まで本格的にお菓子作りを手がけたことはなかったので、やはり苦戦した。食材の混ぜ加減と火加減の、微妙な加減が難しい。

「ううん……思うように焼けないなぁ」

オーブンの中を見ながら、リュカは呻いた。ひょいと、カリーヌが覗き込んでくる。

「火の具合を調整できないから、温度を一定に保つのは難しいよねぇ」

「冷蔵庫もオーブンも、電子レンジもほしい……」

「あにちゃの気持ちは、とてもよくわかる」

カリーヌはうんうん頷いて、同意してくれた。

やがて、スフレチーズケーキが焼きあがった。取り出したケーキは焼け目はまだらだし、表面は割れている。

「不本意……」

それでも店のスタッフたちは、焼きたてのケーキを興味津々で囲む。

「試作品で量はないから、ひとりひと口くらいしかないけど。食べてみてくれる？」

皆、好奇心に目を輝かせながら食べて、ぱっと顔を輝かせる。そんな顔を見ると「もっと頑張って美味しいものを作ろう」という気持ちになるのだ。

「チーズの味がするのに、甘くて美味しくて。どうして今までチーズをお菓子に使うこと、思いつかなかったんでしょうか」

そうそう、と年嵩《としかさ》のスタッフが頷いた。

「以前リユカさまが作られた、チーズのお茶も美味しかったです。私はチーズが好きなので……もっと食べたいな」

聞こえてきたつぶやきに、リユカは耳をぴくぴくさせる。その言葉にとても発奮《はっぷん》した。

とはいえ。

「どうしても表面が割れる……」

その日もオーブンの前で、リュカは呻いていた。

「生地を合わせるときに、冷やしてみたらもっと馴染むんじゃないかと思うんだよ……冷蔵庫のこと、モーリスさんに相談したい！」

リュカが頭を抱えていると、『猫背亭』の厨房の勝手口から声がした。青物屋や肉屋が出入りする出入り口だ。

「こんにちは～！　頼まれて来ました～！」

現れたのはアレットだ。お使いで来たのだという。

「オーブリーさんが、こちらにこれを持って行ってくれって」

出迎えたアレットが、大きなバスケットを渡してくる。顔を出してきたカリーヌが声をあげた。

「わぁ、重そうなのにありがとう。牛乳とバター？」

はい、とアレットは頷いた。

「今日届いた乳製品は、比較的味がいいのでお持ちしてって。オーブリーさんが」

「それでアレットが持ってきてくれたの？　こんなに重いのにありがとう、男の人に任せればよかったのに」

　カリーヌが言うと、アレットははにかむ表情で小さく言った。

「ええ、はい……わたしが、持って来たくて……」

　同時にアレットは、どこかうわの空だ。リュカの方をちらちら見ている。

「アレット、どうしたの？　なにか気づいたことがあったんなら、教えてほしいな」

「ええと、あの……ケーキ、焼くんですか？」

　アレットは、オーブンの前のリュカをちらちらと見てくる。

「ああうん、前、ノエルとセリアが遊びに来てたときに作ったケーキみたいな……あっそうだ、アレット！」

「な、なんでしょうか!?」

　びくりとアレットが反応して、その過剰な反応にリュカは驚いた。

「アレット、デコレーションしてくれない？」

「でこ……？」

「あっごめん、ええと、この店で、ケーキの飾りつけやってほしいんだよ」

「飾りつけ……」

　アレットの目が、きらりと輝いた。リュカは（おや？）と首を傾げる。

「もちろん家の方から許可が出たらだし、『猫背亭』での仕事は別の給金を渡すよ。うちでもここでも働いてる人は両方から給金が出てるし」

「そんなことはお気遣いなく！」

今度はアレットは驚いて、ぶんぶん首を振った。

「ううん、お金は大事。アレットは出稼ぎに来てるんだからよけいたいせつ！」

「ええと、そうおっしゃられるのでしたら……」

戸惑うアレットの口調からは、ベルティエ家で働き始めたころの朗《ほが》らかさが失われているように感じられる。元気は元気なのだけれど、クールナン地方から帰ってきてからはどうも以前のようなテンションがない。

それでもデコレーションの仕事を任されて、アレットには気合いが入ったらしい。

「ええと、じゃあ、失礼します」

アレットは、厨房をきょろきょろ見まわした。『猫背亭』では食事系のメニューが多いので、以前アレットがケーキに使った、食べられる花のような彩りを華やかにするための材料は少ない。

「どんなものがあったら使えるかな？　用意できるものがあれば言って？」

「ありがとうございます……」

厨房の材料棚を見ているアレットは、うわの空で返事をした。どのようなデコレーションをしようか考えているのだろう。

カリーヌがそっとささやきかけてくる。

「きらきらしたケーキの飾りとかあったよね。銀色の丸い粒とか」

「アラザンだな。ええと、砂糖とコーンスターチを混ぜて粒にして、金とか銀とかで覆うんだ」

へぇ、とカリーヌが反応した。

「銀色だけかと思ってた。金もあるんだね、豪華だ」

うんうん、リュカは頷いた。

「カラーシュガーも基本は同じ感じ。食用の色材を混ぜて、乾燥させて砕いて、さらさらにするんだ」

思い出しながら、改めて「そういうものだったな……」と考えた。

「それだったら、お花や実の絞り汁とかで色をつけたのもいいね。なにが使えるかな？」

厨房の砂糖は貴重品だ。料理の甘味には樹蜜を使っているけれど、アラザンやカラーシュガーには、砂状の砂糖が必要だ。

「でも砂糖に関しては、今年は安心だよね」

棚から砂糖の壷を出しながら、カリーヌが言った。

「暑くて家畜たちが元気ないけど、そのぶん砂糖黍《さとうきび》が元気だったもんね。たくさん採れてたくさん砂糖が作れたの！　もちろん使い放題ってほどでもないけど」

もちろん砂糖は、お菓子だけに使うわけではない。砂糖が使えることで料理もより工夫できる。

アレットは自然に、厨房で働いていた。くるくるてきぱき動くアレットに、厨房の者たちは皆、感心している。

「アレットって、とても有能な子だね」

「本宅の方でも頼りにされているんだろうね、頼り甲斐がある」

アレットは、リュカカ料理の仕上げの飾りつけを任されたようだ。アレットの手もとを見たスタッフが、感心した声をあげている。

「ああ、そこにクレの葉を置くのね」

「はい、このほうが彩りがいいと思って」

「そうね、確かに……うん、ある方がいいわ」

厨房の者たちが感心した声をあげている。リュカカ料理は客の待つテーブルに運ばれた。

客席の声が聞こえてくる。

「おお、これは……今までと見た目が違うね？」

「いつもよりも美味しそうだね、うん、美味しい！」

アレットの腕が皆に褒められている。リュカと目が合ったアレットは嬉しそうに笑っていて、懸念していた暗さがなくなっていて安堵した。


それからアレットは、『猫背亭』にやってくるようになった。

その日のアレットは、すり鉢を磨っていた。カリーヌがひょいと覗き込む。

「きれいな色だね、これは？」

すり鉢の中には、鮮やかな赤い汁が溜まっている。

「プローの汁です、色づけに使えると思って」

「あっ、あの紫キャベツみたいな？　すごく小さいから使い道がないって、肥料になりがちなのに」

「こんなきれいな汁ができるんだな。プローってことは、ピヨーも？」

ピヨーも、キャベツに似た野菜だ。ピヨーは青で、磨ると青い汁が採れた。

「わぁ面白いね、色水実験みたい！」

カリーヌは、はしゃぐ声をあげた。

「ねぇねぇ、こっちでもやってみよう？　エルプの実と、マリタンの葉と、ええと、クレの葉とか！」

エルプの実を絞ると、ピンクに近い赤い汁が採れた。マリタンの葉からは黄色、クレの葉からは鮮やかな緑の汁が取れた。

「この汁を砂糖に混ぜて、乾燥させたらカラーシュガーができるな」

考えているリュカに、カリーヌがねぇねぇと顔を寄せてきた。

「生クリームに色つけてみようよ、カラフルなケーキができるよ？」

いつものように丸太のような筋肉の腕を持つ調理係、エドメにお願いする。快《こころよ》く引き受けてくれたエドメは、遠心分離バケツをぶんぶん振りまわして、すると生クリームがどんどんできた。

「うわぁ、エドメはすごいね！」

「今日の牛乳は、脂肪分が比較的多めですからね。泡立ちが違う」

牛乳をかき混ぜて空気を入れて、できた生クリームはきれいで美味しくて、お菓子には欠かせない。

エドメが大変な仕事を頑張ってくれて、きめの細かい生クリームができた。とりどりの色のカラーシュガーもできあがる。

「わぁ、きれいな色！」

リュカとカリーヌがはしゃいでいると、アレットが覗き込んできた。目がきらきらしている。

「アレット、ケーキのデコレーションお願いできる？　このカラーシュガーとか生クリームとか、いろいろ使ってみて？」

「わぁ……使わせていただいてよろしいのですか？」

「もちろんだよ、アレットの腕前が見たいな！」

今日のふわふわチーズケーキも、表面が割れてしまった。それを差し出すと、アレットは目をしばたたかせている。ケーキを見つめて、なにかを考えているようだ。

リュカとカリーヌはほかの仕事に呼ばれて、その場を離れた。しばらくのちに厨房の隅から歓声が聞こえてきて、リュカは驚いて駆け寄った。

「わぁ、すごい！」

「すごくきれいね、それに美味しそう！」

アレットを囲んでいるスタッフたちが声をあげている。テーブルの上には、アレットが飾りつけたケーキがある。

「この色合いのバランス素敵だね、赤と緑、こんなふうに並べるんだ」

「クリームに色をつけるんだね、クリームは白いものだって思ってたから、意外だなぁ」

褒め称えられるアレットは、嬉しそうな困ったような顔をしている。リュカと目が合うと、申し訳なさそうに肩をすくめた。自分だけの手柄ではないのにと、後ろめたいようだ。

リュカはそんなことを思っていないし、それよりも沈んでいたアレットが嬉しそうで元気そうだ。それがリュカには、なによりも嬉しい。

カリーヌも同じ気持ちらしく、はしゃいだ声でアレットに話しかけている。

「アレットのセンスは、ほんとうにすごいよね。お菓子のデコレーション、全部アレットに任せちゃえるよ」

「だったら、ねぇ？　リュカさま、カリーヌさま！」

はしゃぐ声をあげたのは、ふわふわしたブルネットの髪の女の子だ。

「甘いものだけのお店、ないんですか？」

意外な言葉に、リュカは驚いた。

「ええと、スイーツカフェ的な感じ？」

「それはそれで、楽しそうだな」

アレットがデコレートしたケーキを切り分けて、皆で味見した。ケーキの味と、貴重品である砂糖の味が相まって、今までにない味わいを生み出している。

「そうそう、牛乳の味もいつもとは変わった感じだね。バリエーションがあっていいよな」

「やっぱり生クリームは冷やした方が美味しいよね……チーズケーキ本体もね」

ケーキを味わいながら、カリーヌがつぶやいている。リュカも同じ気持ちだ。

再び厨房は、忙しく動き始めた。リュカも仕事に集中していたけれど、厨房が大きく湧いて驚いて、リュカは顔をあげた。

「モーリスさん！」

「あっモーリスさんだ、久しぶり！」

カリーヌと揃って、声をあげた。

「やぁ皆さん、リュカさんもカリーヌさんも。お久しぶりですね」

現れたのはモーリスだ。リュカたちの伯父で、五十絡みの男性で（本人は三十六歳だと言っている）このレニエ王国の宰相、だそうだ。

「だそうだ」というのは、リュカたちにとっては「優しい伯父さん」なので、そんな重要な地位にある人物だとはとても思えないのだ。

ちなみに『猫背亭』の名前の由来は、モーリスだ。この店を出す手伝いをしてくれたし、スポンサーを買って出てくれたのはモーリスで、そんなモーリスが考え込むときには猫背になる。考えるときにきゅっと猫背になることに、本人は気がついていないようだけれど。

「いい匂いがしますね、いつもよりも……甘い匂いですね？」

「あにちゃがケーキを焼いてくれただよ、チーズケーキ！」

モーリスは厨房で、新たにアレットが作ったケーキのデコレーションに目をとめた。

「これはとても美しいですね……ほぉ、チーズケーキをデコレーションしているのですね」

「そうなんです！　あにちゃが焼いたケーキを、アレットが飾ってくれたの！」

それは素晴らしい、とモーリスは大きく頷いた。

「私も味わってみたい……」

しみじみつぶやくモーリスに、カリーヌがささやきかけた。

「あにちゃがね、冷蔵庫があったらいいなって言ってて」

「冷蔵庫……？」

モーリスが反応した。どきりとして、リュカはモーリスに注目する。

なにしろモーリスは、リュカたちと同様に二十一世紀の日本からの転生者かもしれないのだ。『冷蔵庫』という言葉に、どんな反応をするだろうか。

「そうですか、それは素晴らしい提案ですね。ですがどうやって冷やしますか？」

「えっ？」

モーリスは真面目な顔で、そう言った。モーリスの真実を知りたいと探ったつもりだけれど、モーリスが本気の表情で考え始めたので、下心は霧散してしまった。

「ええと、考えたんですけど……」

リュカは木製冷蔵庫の話をした。モーリスは何度も頷きながら、リュカの話を聞いてくれた。

モーリスは、一度も「それはなんですか？」と質問しなかった。モーリスには二十一世紀日本の知識がある、あの世界で生活した経験がある。そんな確信を持ちつつ、リュカは説明を終えた。

「ですが、いかにして氷を持たせますか？　冷蔵庫の中の金属板だけでは心もとない。氷そのものが溶けにくくなる方法も考えたいですね」

「長持ちする氷……」

考えるリュカを見やりながら、モーリスが唸った。

「塩を使って、氷が溶けないようにする方法がありましたよね？」

「はい……いいえ違います、塩はだめなんですよ！」

「そうなの、あにちゃ？」

ふたりの様子を黙って見ていたカリーヌが、首を傾げた。リュカは頷く。

「うん、塩はかえって氷の溶解を進めちゃうんだよ。長持ちさせるためには、固定するのがいいんだ……動かない空気。冷たい空気を閉じ込めておける技術があったらなぁ……」

たとえば、緩衝材《かんしょうざい》のプチプチとか。

そう言いかけて、リュカは口を噤んだ。モーリスには隠さなくていいのかもしれないけれど、あまり迂闊《うかつ》なことは言わない方がいいと思う。

「動かない空気って、バイエのもこもこ毛皮とか？　中に空気を閉じ込めるから、暖かいのが保てるんだよね」

「そうだなぁ、動物の革はいいかもしれない」

首を捻っているリュカを興味深げに見ていたモーリスが、うんうん頷いた。

「それではまず、氷を調達しなくてはなりませんね。山から氷を切り出してくる方法を考案しなくては。冷蔵庫作りのためには、大工業の者たちにも協力を仰がなくては。運搬業の者たちにも声をかけなければね」

うきうきとモーリスは言った。そんな彼の反応に、リュカは驚いた。

「リュカさんたちを、職人ギルドの職人たちに紹介しましょう。彼らに会ってくださいね、打ち合わせをしてくださいね」

「は、はい……！」

モーリスは滔々と語る。リュカもカリーヌも、モーリスの勢いに驚くばかりだ。

「冷蔵庫があれば、とても便利ですから。冷蔵庫があれば、それはそれは……そうですね、冷蔵庫……」

「ええと、モーリスさん？」

モーリスは思考モードに入ってしまったようだ。それからずっと、小声で呟いていた。

夕方、帰宅の途でカリーヌは、リュカにささやきかけてくる。

「モーリスさん、協力的で嬉しいね」

思わぬ反応だったモーリスを思い出しながら、リュカは「そうだなぁ」と頷いた。

「がんがん冷える冷蔵庫は無理だろうけど、それでも数日は持たせられるくらいには冷える冷蔵庫があったらいいよなぁ」

ふたりは日が暮れる前に、ベルティエ家の門をくぐることができた。

その日の夕食は、ゴリアンテの肉料理だった。この世界では誰も食べられると思っていなかったゴリアンテの肉を、アレンジして食べやすくしたのはリュカだ。

カリーヌが生まれる前の話だから、もう十年以上前のことだ。今ではもう、肉料理の定番だ。

そんな肉料理を口にしたルイゾンが、言った。

「今日のソースは、いつもと違うな。味が……そうだな、塩味のコクが違うかな。美味い」

「父さま、気づいてくれた?」

思わずリュカは、身を乗り出した。

「塩の材料が違うんだよ。普段使っているのは岩塩だけど、塩湖の水が手に入ったから。それで作ってみたんだ。辛さが丸くなって、いつもとは違う美味さになったかなって思ったんだ。父さま、この味好き?」

「おお、リュカの作った塩なのか。どうりで美味いはずだ」

「メイドが、今日は特に美味しいお料理ですよって嬉しそうだったの。リュカとカリーヌの工夫だったのね、素晴らしいわ」

ルイゾンの隣のポレットも嬉しそうで、一家団欒の様子に、リュカは満ち足りたため息をつく。

「どうしたのリュカ」

肉料理を口に運んでいるポレットに、声をかけられた。リュカは首を捻る。

「なんだか幸せだなって、思ったんだ」

少し前まで、両親のルイゾンとポレットは、家を空けがちだった。信頼した人物に騙されて、ベルティエ家の領地の収税システムが断絶されたのだ。両親はその修復のために、東奔西走していた。

それでも今はこうやって家族で、食卓を囲むことができるのだ。リュカは改めて、その幸せを噛みしめる。

食後は居間で、お茶の時間になった。いつになく人恋しい気持ちになったリュカは、ルイゾンとポレットの間にちょこんと座る。

「まぁまぁどうしたの？　甘えん坊ねぇ」

「こんなリュカは、珍しいな」

楽しげに笑いながら、それでもからかうことなくよしよしと撫でてくれる父と母の手が温かい。

うつむいたリュカがちらりと視線を向けた先に、カリーヌがいる。羨ましそうな顔をしているので「おいで」と手招きをすると、ぱっと顔を輝かせて近寄ってきた。

「どうしたどうした、今日はふたりとも甘えん坊だな」

「いいよね~？　父さま、母さま！　あにちゃも！」

「えっ僕も？」

「いいから撫で撫でして！」

「もう……」

居間は笑いに包まれて、お茶を運んできたメイドが驚いていた。

第五章　新しい技術の導入

両親が呼んでいるというので、リュカたちは書斎に向かった。

中ではルイゾンが、くるくる巻かれた書簡を渡してきた。封蝋《ふうろう》は外されているので、両親はもう読んだのだろう。

「なに？　お手紙？　あっ、クレールさんからだ！」

そうだよ、とルイゾンが頷いた。

「おまえたち、クールナン地方のいろいろを話していただろう？　氷を切り出して運ぶとか……なんと言ったか、あの雪山」

ルイゾンは首を傾げた。

「ドラポー山か、あそこから氷を運ぶ手はずについてなど、私たちの協力も願いたいとおっしゃっている」

部屋にはポレットもいて、リュカに頷きかけてくる。

「もちろん協力するわよね。クレールさんのお力になれるのならこんなに嬉しいことはないし、氷を切り出して運ぶなんて……難しいこと」

難しいと言いながら、ポレットの緑の目がきらりと光った。カリーヌの目は母譲りで、なにか閃いたときのカリーヌの目も同じようにきらめく。

「クールナン地方は遠いところだから、氷が溶けないように運ぶなんて難しいわね……でもほら、クレールさんも書いているじゃない、氷が売りものになるとは思わなかった、願ったり叶ったりだってね」

ポレットは指先で手紙をなぞりながら、そう言った。リュカはクレールからの手紙を読みながら、カリーヌと話す。

「氷が長持ちする方法を本気で考えなきゃね。動かない空気だったっけ？」

「そうなんだよ。緩衝材のプチプチが一番いいんだけど、そんなものないし」

カリーヌが首を傾げる。書斎に、メイドがお茶を運んできた。アレットだ。

「わぁアレット、ありがとう！」

「アレット、クレールさんから手紙が来たよ」

「えっ……」

アレットは固まった。テンションがあがって、同時に下がったのがわかる。『猫背亭』でケーキのデコレーションをしていたときはきらきら目を輝かせていたのに、クールナン地方やクレールの話になると、こういう反応を見せるのだ。

（やっぱり、マリエルさんのことなんだろうなぁ……）

フェレール家の階段の陰で、アレットを責めていたマリエルの姿を思い出す。

とはいえ、アレットの沈んだ顔はほんの一瞬だった。アレットはお茶を置いて、丁寧に礼をして書斎を去った。

両親はアレットのことには気がついていないようで、なおもドラポー山から氷を運んでくる手段について相談している。

「できるだけ氷を溶かさないようにする方法、かぁ……」

リュカは首を捻って、最強の断熱材たる『動かない空気』でくるむ方法を考えた。

「内側に金属を貼った木製冷蔵庫に『動かない空気』を溜めておけるような、空気の洩《も》れない袋……ビニール袋みたいな……？」

考えながらリュカは、ちらりと両親を見た。酪農の話をしているふたりの、乳牛の話、肉牛の話が耳に入ってくる。

（そういえばチーズ作りに使うの……カーフレンネットだったっけ？　六ヶ月までの月齢の仔牛の胃から取れる、極上のレンネット。よりまろやかなチーズができるって、オーブリーが言ってた）

レンネットには、チーズの製造に使う凝乳酵素が含まれているのだ。

（そうそう、チーズ作りに使うレンネットには、タンパク質を分解する酵素が含まれていて、それがキモシンっていうんだったよな……レンニンって名前でも呼ばれてたって記憶が……）

「あっ！」

思わず声をあげてしまって、ポレットに訝《いぶか》しがられた。「なんでもない」と慌てて首を振る。

リュカはそっと、カリーヌにささやきかけた。カリーヌも、兄がこういう反応を見せるときは、なにかを思いついたのだと心得ている。

「そうだよ、レンネット！　レンネットは、仔牛の第四胃の塩漬けから抽出されてるんだ。つまり動物の内臓を加工する技術が使える。毛皮を、冷たい空気が逃げないようにする技術もそうだし……そうだよ、動物の内臓を使えば、空気を密封できるはずだ。それで袋を作れば、空気を密閉できる！」

「ちょっとグロい」

カリーヌが本当に嫌そう顔をしたので、リュカは「あっごめん」と肩をすくめた。

さすがに両親は、内臓だの話にも動じなかった。

「なら、酪農地域の者たちに話をしよう。今年の牛たちは暑さのせいで元気がないが……そうだ、ちょうどいい。クールナン地方は寒冷地だからな、あちらで本格的に酪農を始めてもらうのがいいだろう。これを機に、クールナン地方の産物が売れるルートを確保できたら、あの地方も……」

考え込んだルイゾンが、ぶつぶつ言っている。


間もなく、クールナン地方産の家畜の輸出の運搬が始まった。

家畜の出荷は、一朝一夕にはいかない。それでも、このラコステ地方とクールナン地方の間の運搬ルートができたことを父母が喜んでいるのを見て、リュカも嬉しくなった。

その日『猫背亭』に現れたモーリスが、にこにこして言った。

「リュカさんカリーヌさん、またお手柄ですね」

お手柄？　と首を傾げると、モーリスはいつも以上に朗らかに言った。

「こちらと北の地方との流通ルートが確立したらしいではないですか。家畜だけではなく、さまざまな商品が行き来するようになったと聞きましたよ」

開店前の空いている席に座ったモーリスの前に、リュカも座って話を始めた。

「そうなんです、定期的に家畜の運搬ができるようになって、クールナン地方からは比較的暑さの影響を受けてない牛を送ってもらえるから、少しですが牛乳の質がよくなったんです」

リュカは言葉を切って、モーリスに顔を近づけた。モーリスは「どうしましたか」といたずらを企《たくら》むような顔をする。

「肉牛の革とか内臓とかを、回してもらえることになったんです」

「ほぉ、例の『動かない空気』を収める袋ですか？」

モーリスの顔が、興味に輝いている。その表情に、リュカは背を押してもらった気分だ。勢いを得て、話を続けた。

「そうです、その袋を作ってくれる職人を探したいんです。モーリスさん、助けてもらえますか？」

「もちろんですよ」

モーリスの返事は頼もしい。顔を輝かせているカリーヌと目を見合わせて、うんうん頷いた。

「仕事口が増えていいことです、職人を増やすきっかけにもなってありがたい、助かります。運搬には馬や牛が必要で、そのための家畜を飼育する人員育成の道もできましたし」

（なんだか壮大な話になってない……？）

ともすれば圧倒されつつも、モーリスの話はリュカを惹きつける。

「そうそう、冷蔵庫の試作品ができたと連絡がありました。職人ギルドの本部にご一緒しましょうとお誘いに来たのですよ」

「そうなんですか！　わぁ、楽しみにしてたんです」

モーリスが、まだ早い時間に訪ねてきたのはそういう理由だったのだ。店のスタッフに外出の旨を告げて、モーリスに連れて行ってもらった先は大きな建物だ。

ここは職人ギルドの本部で、忙しく関係者が出入りする場所だ。

深い飴《あめ》色の木材を使って建てられた、横長の、城のような建物だ。行ったことはないけれど、王宮というのはこういう場所ではないだろうか。

モーリスはなんのためらいもなく入っていって、リュカとカリーヌは慌ててあとを追った。

入ってすぐの中央には、ロビーのような広間がある。床に貼られた板は、表の木材よりも深い色だ。ぴかぴかに磨かれていて、踏むのを躊躇してしまう。

奥の広いロビーの両翼には、あらゆる職人の工房が並んでいる。それぞれ看板が出ていて、職人ギルドに所属している職人たちの技術の幅広さには、いつも舌を巻く。

きょろきょろしているリュカの後ろから、静かで落ち着いた声がした。

「リュカ、カリーヌ」

「あっ、エクトル！　久しぶり」

十六歳になるエクトルは、リュカたちの友達だ。今は、木工職人の弟子として働いている。

「リュカもカリーヌも、元気そうだな」

「ジョスとマルクは元気？　泥舟街のみんなも！」

師匠の家に住み込みで働いている彼には、両親がいない。

リュカがエクトルに出会ったのは、『泥舟街』と呼ばれる貧民街でだった。カリーヌが生まれる前の話なので長い付き合いになる。

エクトルやその兄弟分たちは、カリーヌが生まれたときにお祝いに来てくれた優しい子たちだ。話し方はぶっきらぼうだけれど、慣れればどうということはない。

「師匠が、ここに来る。リュカたちが師匠の工房に行くのは、モーリスさんもわかってるはずだから。行こう」

「あっ、うん！」

先を行くエクトルに続いて、何度か訪れたことのある一室に入った。

「こんにちは、ロイクさん！　冷蔵庫の試作品ができたって聞いて来ました！」

「ああ……」

愛想のない、五十絡みの髭面の男性だ。もしゃもしゃの髭の中に皺だらけの顔がある。

ここが二十一世紀の日本なら、九十や百歳の老人だと思うところだ。しかし声や目の輝きからして、それほどの年配者ではないはずだ。

（それだけ苦労してる人なんだろうな……）

奥には見あげるほどに大きな、木製の箱がある。

「うわぁ……すごい」

リユカが圧倒されたのは、箱のどっしりとした迫力だけではない。細かい彫刻が施されていたからだ。とても繊細な彫りものだ。

「設計図通りに作ったがな。これでいいのか」

やはりぶっきらぼうに、ロイクは言った。圧倒されたリユカは、こくこく頷くばかりだ。

「もちろんです、すごい……こんな彫刻まで入れてくれて、すごいです」

「それは、エクトルの仕事だ」

「えっ？」

リユカはエクトルを振り返った。エクトルはなんでもないとでもいうような顔をしているけれど、頬がかすかに染まっている。

感心しきりの声をあげながら、カリーヌが扉を開いた。

「わぁ、中もこんなに棚を作ってくれて。金属板も……隙間なくしっかり貼ってくれてるね。これだったら冷たい空気を逃さなくて済むね、さすがだなぁ」

「頼まれたように作った」

ロイクの口調はすげないけれど、口振りには自分の仕事への誇りが滲《にじ》み出ている。

リユカたちが冷蔵庫の出来を矯《た》めつ眇《すが》めつしていると、ロイクが不思議そうに問うてきた。

「この中に、冷たい空気を閉じ込めるとは……いったいどのように？」

　必要以上のことをロイクに話しかけられることは珍しいので、リュカは張り切って答えた。

「うん、家畜の革とか内臓とかで袋を作るんだ。それに空気を入れて、この冷蔵庫の中に入れる」

「空気？」

　ロイクが首を傾げている。エクトルも同様だ。いつも冷静沈着なふたりのそんな顔を見られて、なんとなく嬉しくなった。

「そう、空気の入った袋の間に氷を入れる。そうしたら氷が溶けにくいんだ。そうしたら、ここまで氷を運ぶことができると思って」

「氷を運ぶのか？　山からか？」

　ますますロイクは、不思議そうな顔をしている。リュカはうんうんと頷いた。

「そう、クールナン地方のドラポー山とかね。クールナン地方は、北の方。ドラーツィ公国との国境だよ」

　ロイクとエクトルには『ドラーツィ公国』がぴんと来なかったようだ。この世界では、生まれた地域から一生出ることなく生涯を終えることも珍しくない。遠い国のことなど知らなくてもおかしくはない。

ロイクが考える様子を見せているので、リュカは彼の言葉を待った。

「運搬のためなら、もっと小さな冷蔵庫がいいんじゃないか？」

「あっ、そうか！」

閃いたことに、リュカは声をあげた。部屋の隅に置いてあった小さな黒板に、白墨《はくぼく》をつかんで書き始めた。

「あにちゃ、どうしたの？」

「小型冷蔵庫だよ！　僕たちでも抱えられるくらいのサイズだったら移動も簡単だし、いろんなところに置いておける。大きい冷蔵庫のことしか考えてなかったから、小さいのは盲点だった！」

リュカは黒板に、冷蔵庫の絵を描いた。目の前にあるのがこのサイズ、それならこんな大きさ、またこんな大きさ。大きさのバリエーションをいろいろ描いた。

ロイクが近づいてきて、黒板にリュカが描いた冷蔵庫の絵を指差した。無骨《ぶこつ》な職人の、皺の多い太い指が、白墨の線をなぞる。

「これくらいの大きさ、その次の大きさはこれくらい。こういう大きさのものを作ってみるのはどうだ？」

「簡単に言うけど……作れますか？」

なにを言うのか、あたりまえだ、とでも言わんばかりにロイクは鼻を鳴らした。

「このくらい、どうということはない。おいエクトル、この小さなやつならおまえにも作れるだろう」

「あ、ああ……うん」

エクトルは無表情に頷いた。表情は静かだけれど、目は輝いている。

「やってみるか、エクトル？」

「うん……」

リュカの書いた設計図（もどき）を見つめながら、エクトルは頷いた。

師弟は、具体的な打ち合わせを始めたようだ。職人の専門的な話は、よくわからない。

「じゃあ、また来るね。よろしくお願いします」

ふたりは頭を下げて、工房を出た。師弟は話に夢中になっていて、リュカたちに気がついていないようだ。

ロイクの工房を出て、ギルドの中央ホールに向かうと、モーリスが歩いてくるのに出くわした。数人に囲まれて、熱心に話をしている。

あれっ？　とカリーヌが首を傾げた。近づいてきたモーリスの顔は、曇っている。

「リュカさんカリーヌさん、なにかいい考えはありませんか？」

「なんの話？」

「職人たちが疲労を訴えることが多いとのことなのです。夏の疲れかもしれませんね、今年の夏は暑かったですから」

モーリスは、大きなため息をついた。

「なかなか仕事がはかどりませんから、疲労回復のためになにかないかと訊かれて」

首を捻るモーリスにつられて、リュカも首を傾げた。

「疲労回復ドリンク……的な？」

「エナドリ？」

カリーヌがそっとささやいた。リュカは「うん」と頷いた。

「エナドリというよりも、クエン酸とかアミノ酸とかビタミンCとかかな？」

「やっぱり、レモンとかかなぁ？」

「そうだな、はちみつレモンとか甘酒とかかな？　甘酒は糖化《とうか》したでんぷんでビタミンやアミノ酸も含まれてて……レモンはクエン酸だな。疲労回復に効く」

ふたりは頭を突き合わせて、ちいさな声で話し合った。

「エルプの実はレモンっぽいけど、効果も同じなのかな……ちょっといろいろ試してみようか」

「うんうん、やろうやろう！」

にわかにリュカたちは張りきった。

「じゃあ僕たちは『猫背亭』に戻ります。栄養ドリンク作ってみます！」

「栄養ドリンク……ふふ、二十四時間戦えそうですね」

「えっ？」

「いえいえ、よろしくお願いしますね」

モーリスは、意味ありげな笑顔とともに去っていった。


リュカとカリーヌは、『猫背亭』に戻った。リュカの頭は、栄養ドリンクのことでいっぱいになっていた。

「ビタミンCの含有量は、ピーマンとかブロッコリーの方が高いんだよ」

「そうなんだ？　レモンとかライムの方が高いと思ってた」

「黄色よりも赤いピーマンの方がビタミンC多いとか、黄色いキウイフルーツの方が緑のよりも多いとか」

「色で違うの？　ええとレモンとライムも？」

「レモンとライムは違う果物だよ、ミカン科の柑橘類《かんきつるい》ではあるけど。ビタミンはレモンの方が多いし、クエン酸はライムの方が多い。疲労回復ならライムかな……ライムみたいな果実とか、どうかな……」

店の厨房はいつもながらに忙しい。ここにはベルティエ家同様、厨房の隅にリュカたちのためのスペースがある。その場所は、店のスタッフたちには『開発席』と、少々気恥ずかしい呼び方をされている。

「あれ？　なんかある」

そこに置かれたテーブルにあったのは、細長くて白くて丸い――野菜なのか果物なのか一見してはわからない。それが大きな籠に山盛りになっている。

「なにこれ、おっきい。赤ちゃんくらいある、抱っこできるよ？」

「あっ、手紙がある。あの人だ……隣の、北の国からのお客さま」

北の国、ドラーツィ公国からの客の署名がある。

「あっちにしかない……果物？　果物なんだ？　ミージェっていうんだって……かわいい名前だな……今年は豊作だから、おすそわけだって」

ミージェは大きな瓜《うり》のようで、白くてつやつやしている。くんくん匂いを嗅いでみた。

「なんか……酸っぱい感じ？」

「それってまずいんじゃ？」

「違う違う、いい匂いの酸っぱさだよ。ちょっとオレンジみたいな？」

カリーヌも、くんくん鼻を鳴らす。

「あっ、ほんとうだ！　酸っぱいけどほのかに甘い……でもやっぱり酸っぱいかな、柑橘類みたいな感じ。中身、どんなんだろう？」

カリーヌの発言を待っていたように、ナイフが差し出された。ありがとうと受け取ったカリーヌは、躊躇のない手つきで、ミージェをど真ん中からどかんと切った。

「大胆だなぁ……あっ、思ったよりも実がぎっしりだね……大きい種がひとつ。柿とかビワみたい。匂いは確かに、ちょっと甘めのレモンっぽい」

「こういう酸っぱい匂いがする果物って、クエン酸が含まれてるんだよね……？」

「そうだな、そしてクエン酸には、疲労回復効果がある」

兄妹は、顔を見合わせた。

「疲労回復ドリンク、作れるかもね」

ふたりには俄然、やる気が生まれた。

「見た目はやっぱり瓜っぽいね、それでレモンっぽい匂いだから、脳がバグるなぁ……」

カリーヌは、ミージェの内部を指先で擦る。

「なんかぬるぬるしてるね。すりおろしたら舌触りいいかもよ。やってみたい！」

「そうだな、すりおろし器はどこにあったかな」

リュカは立ちあがって、必要な道具を探し始めた。


その日の朝早く、エクトルの師匠《ししょう》のロイクから連絡があった。

本部で会って小型冷蔵庫の話をしてから、一週間ほどが経っている。

「新しい冷蔵庫、できたのかな」

「小型冷蔵庫のことかな、楽しみだな」

ギルドに向かうと、中央ホールでリュカたちを待っていたのはエクトルだ。いつも通りに無愛想で、とても職人っぽい。

「ロイクさんは？」

「今は出てる。それより、これ」

口数の少ないエクトルだけれど、今日はいつになく饒舌《じょうぜつ》だ（あくまでもいつもと比較してだけれど）。驚きつつ、兄妹は工房に招かれた。

雑然とした作業室の中に、いくつも箱が並んでいる。すべてきれいに磨かれている箱は、実用品というよりも装飾品だ。

「わぁ！　これ全部、冷蔵庫？」

木箱は抱えられるくらいの大きさから椅子サイズ、机サイズ、カリーヌの身長サイズまでさまざまだ。はしゃいだ声でカリーヌは「開けてもいい？」と尋ねた。

「おおっ、眩《まぶ》しい……」

「中の金属板が、光を反射してるんだね……すごい、すごくきっちり貼られてる。手、入れてみてもいい？　わぁ、なにも入ってなくても冷たいね、すごい！」

　はしゃぐふたりを前に、エクトルは静かだ。じっとこちらを見ている。

「箱の装飾も凝ってるね。こないだ見せてもらったのよりももっと細かくてすごい。この、蔦のくねり方？　葉っぱのリアルさとか、葉脈まで再現してるのすごい！」

「本当に、エクトルすごいね？」

　エクトルは目を伏せたまま、静かにつぶやいた。

「うん……師匠がおまえに任せるって、言ってくれて」

　俯いたままのエクトルの口調には、誇らしげな色がある。

「ロイクさんは見る目があるね、弟子の腕がよくわかってる。冷蔵庫の造りはちゃんとしていて彫りもすごい、繊細な彫刻だね、芸術レベル」

「いや……」

　なおもエクトルはうつむいて、もごもごと唸るだけだ。

（カリーヌ、褒めすぎじゃ？　誉め殺し的な？）

　エクトルは、わずかに笑っている。そんなエクトルの表情は、初めて見た。

「明日、革袋の職人にも会うことになってるんだ」

　リュカが言うと、エクトルは真面目な表情で頷いた。その目がきらきら輝いていることに、リュカもとても嬉しくなった。

膨らませた革袋に包まれた氷が『猫背亭』に届いたのは、数週間後だった。

「おお……氷だ」

「すごい！　冷たい！　端っこは溶けてるけどめちゃくちゃ氷だよ、すごい！　あっ冷たい！」

「落ち着け、カリーヌ」

『猫背亭』の厨房は、大騒ぎになった。氷は、冷蔵庫の取説とともに流通販路に載せるのだとモーリスに聞いている。冷蔵庫はクールナン地方をはじめとして、いろいろな地方に運ばれていくのだ。そこで、空気の入った革袋と氷を詰めて、必要なところに出荷される。そのうちの一部が、今日『猫背亭』に送られてきたのだ。

「あにちゃ、冷蔵庫があるからこそできる、最初の一品。作ってよ？」

「うん……」

冷蔵庫の内部がちゃんと冷たいことに感動しつつ、リュカは考えた。

「ここはやっぱり、表面が割れないふわふわチーズケーキしかなくない？」

表面が割れないようにするコツを、懸命に思い出そうとする。

「クリームチーズと卵黄を混ぜた生地を、卵白と合わせる前に冷やすのがいいはず……」

氷を砕いて金属製のボウルに入れて、冷やしながら生地を混ぜる。

オーブンに入れて、まずは高温で半分火が通ったくらいまで焼く。それから火を小さくして、低い温度で焼く。

そろそろとオーブンから引き出した。ふわりといい匂いがあたりに広がる。どきどきしながらケーキを確かめた。

「割れてない！」

「表面がなめらかだ、ほとんどひびがない。冷やすだけでこんなに変わるんだな……」

その日の『猫背亭』のメニューには（割れていない）『ふわふわチーズケーキ』が加わった。

真っ先に注文したのは、二十代の女性ふたり連れだった。ひとりは「わぁ、ふわふわケーキね！　きれいで美味しそう！」と喜んでいる。一方でもうひとりは「うーん……？」と首を傾げているのだ。

気になったリュカは、ふたり連れのテーブルの横に立つ。「どうしましたか？」と尋ねるものの、リュカの胸は不安にどきどきしている。

「ええと、いつものかわいい飾りはないんですか？」

「えっ？」

「ほら、いつもきれいな色のクリームとかお花が飾ってあるじゃないですか。あれをこの子に見せたかったのに……」

亜麻《あま》色のふわふわした髪の女性は、残念そうにそう言った。ありがたいことに前にも来てくれたようだ。

「え？　きれいな飾り？」

向かいに座っている、灰色がかった金髪の女性が首を傾げた。リュカはカリーヌを見て、カリーヌは厨房を見た。カリーヌは声をあげた。

「失礼します！　こちら、ちょっと持っていきます！」

「えっあっ、ケーキ……！」

きれいに焼けているふわふわチーズケーキの皿を手にしたカリーヌが、ぱたぱたと厨房に戻る。リュカはあわあわ慌てたけれど、客ふたりは「じゃあ待ってます」と言ってくれた。

リュカは厨房に入った。窓際のスペースではアレットが真剣な顔で、割れていないケーキを飾っている。

かわいく美しく飾り立てたケーキを、改めて客席に運んだ。客のふたり連れは、歓声をあげて拍手した。

「わぁ、こんなに素敵なの？　白いクリームに、お花がこんなに映えるのね……これを見せたいっていうのはよくわかるわ」

ふたりはさっそく食べ始めて、「美味しい！」と声をあげた。

「こんなふかふかのケーキ、初めて食べた！」

「ふわっとしていて、ほのかに甘くて美味しいでしょう。前食べたときよりも美味しくなってる」

ふたりがきゃっきゃとはしゃいでいる。リュカとカリーヌは目を見合わせて、うんうん頷いた。

「あにちゃ、お客さんたち喜んでくれてるじゃない。よかったね！」

「うん、それはすごく嬉しいけど」

「なに、その微妙な顔？」

ううう、とリュカは唸った。

「やっぱりデコレーションがあった方がいいんだな……せっかく割れずに焼けたのに」

ちょっとばかり複雑な気持ちのリュカの肩を、カリーヌがぽんぽん叩いて励ましてくれた。

兄妹は厨房に戻る。アレットに礼を述べると、はにかみながら「お役に立てて嬉しいです！」を頭を下げた。

こうしてみると、やはりアレットは元気で明るい子なのだ。沈んだように見えるのは、マリエルの言葉を引きずっているのだろう。

アレットは、デコレーションの腕を買われて『猫背亭』の厨房メインで働いている。当初はほかの仕事もしていたけれど、今のアレットはデコレーション専門だ。

アレットの才能は無尽蔵だ。先ほどの客の反応を見たあとではさらに、リュカたちもアレットの才能をより活かしたいと考えるようになった。

兄妹は厨房の『開発席』で、頭を突き合わせていた。

「今まで以上にデコレーションが映えるようなメニューを考えたいね」

「そうだな……うん、生クリーム以外に、メレンゲアイシングとかどうかな？」

「メレンゲ？　それは卵白泡立たせたやつだよね？　アイシングは？」

カリーヌが首を傾げると、くるくるの亜麻色の髪が波のように揺れた。

「そう、メレンゲは卵白を泡立てたやつ。アイシングはクッキーとかに色づけする素材だけど、卵白を泡立てて粉砂糖と混ぜて。焼いたら固くぱりっとなるよ」

わぁ、とカリーヌが声をあげた。

「クッキーならかわいいおやつになるし、あっそうしたらカップケーキみたいなのは？　いろいろ、植物の色素を作ったじゃない？　あれで色づけしたアイシングとかはどう？　ケーキより手軽だし保存が効くし。ねぇメニューに加えようよ！」

「それはすごくいいと思うんだけど、厨房に余裕あるかな？」

「そうだなぁ……冷蔵庫も入ったらますます手狭になるしね。かまどひとつでも場所食うし……」

「ならば、お菓子やお茶専門のお店を別に開くのはいかがですか？」

いきなり声がかかって、とても驚いた。

「わっ！　モーリスさん！」

「ずいぶん熱心にお話ししてらっしゃいますね。ええ、いわゆるスイーツ専門店ですよ」

「えっスイーツ？」

「それはすごく魅力的ですね！　楽しそう！」

スイーツ専門店なんて、この世界の人間の口から出たことのない言葉だ。

（やっぱり、モーリスさん……？）

今日こそモーリスに疑問をぶつけることができるかと思ったのに、しかし隙がなかった。

モーリスは厨房で、店員と話を始める。内容は、食材のことや冷蔵庫の氷のことだ。具体的な流通に関しては、大人たちでしか動かせないことも多い。

モーリスたちの話は、スイーツ専門店の話になった。年配のスタッフが、しきりにうなずいている。

「ならば、お菓子作りが得意な者たちは、そちらで働いてもらいましょう。アレットにも、そちらで本格的に働いてもらいたいですけど……」

彼女が困ったような顔をしたのは、ここでのアレットはあくまでも手伝いで、本来はベルティエ伯爵家のメイドだからだろう。

「そこ、わたしが聞いてみるよ。アレットは嫌がらないと思うなぁ」

カリーヌが声をあげる。モーリスは、うんうん頷いた。

「そうですね、アレットさんの腕は是非《ぜひ》とも欲しいところですから……お菓子作り専門で働いていただけたら、お給金も弾めるのでは？」

今度はカリーヌが、うんうんと頷いた。

その日の閉店後、リュカたちはいつも以上に急いで自宅に戻った。両親にスイーツ専門店の話をすると、「それは面白い」と同意してくれた。

「アレットの考えも聞かなくてはな」

両親は側仕えの秘書に命じて、アレットを呼んだ。

「お呼びですか……？」

すぐに現れたアレットの顔は、引きつっていた。安心させようというように、カリーヌがにこやかに近づいた。

「あのね、お菓子専門のお店を開こうと思うんだ。アレットにそこで働いてもらいたいんだけど、どうかな？」

「えっ、いいのですか？」

アレットの顔が、ぱっと輝いた。

「とてもやりたいです……やらせていただきたい……でもええと、お屋敷での仕事は……」

ためらうアレットに、リュカは力強く頷いた。

「父さま母さまには、僕たちからお願いするよ。アレットのデコレーションの腕前は、絶対にそのお店に必要だもん」

「ありがとうございます……！」

喜ぶアレットの表情は、見ているだけのリュカも嬉しくなる。

「アレットの腕前はみんなが認めてるんだから、誰も反対なんかしないよ」

カリーヌも、はしゃいだ声をあげた。


間もなく、『猫背亭』の隣に新しい建物が建てられた。

同じ切妻屋根の、ひとまわり小さな白い建物だ。スイーツ専門の店には、カリーヌが『ふわふわ屋』と名づけた。

新しい店の前には、こぢんまりとした看板を設置した。カリーヌの書いた文字をかわいらしい模様で書い飾ったのは、アレットだ。

「アレット、かわいいのは絵だけじゃないんだね！」

「文字も、自分の名前くらいなら……クールナン地方にいたときに教えてもらったんです」

へぇ、とリュカは驚きの声をあげた。この世界の識字率《しきじりつ》はあまり高くないはずだけれど、アレットは名前は書けるのだ。

「親戚の家で、学びました。いとこたちと一緒に、少し勉強させてもらったんです」

「そうなんだ！　だからこそ出稼ぎして、恩返ししたいんだね。アレットは偉いね！」

カリーヌが手放しで褒めて、アレットは肩をすくめて「そんなことないです……」と恐縮している。

ぱっと顔をあげて、アレットが問うてきた。

「どうして『ふわふわ屋』なんですか？」

アレットに問われて、それはね、とカリーヌが胸を張った。

「えーと、スポンサーのモーリスさんの奥さまのサビーナさんが、ふわふわたまごのお料理が好きだから！」

へぇ？　と、リュカとアレットは、同じ反応をした。

「ほら、サビーナさん、『リュカカのジョン』とか好きじゃない？　サビーナさんがいろいろリクエストしてくれるから、衣《ころも》をふわふわさせようとかアレンジ加わって、バリエーションが増えて、人気メニューになってるの。ありがたいよねぇ」

サビーナのお気に入りメニューに使われているリュカカとは、湖で獲れる貝のような食材だ。「悪魔の生きもの」と呼ばれていて、食べられるとは誰も思っていなかったところ、リュカが食べられるように工夫したのだ。

『リュカカ』という名前は、リュカがつけた。カリーヌには「だっさ」と笑われたけれど、いつの間にか浸透している。

ジョンとは、食材に小麦粉をまぶして溶き卵にくぐらせて、高温で揚げる料理だ。サビーナは『リュカカのジョン』がお気に入りで、よく来てくれるのだ。

サビーナはとても物静かで、常にテンションが一定で取り乱すことなどない完璧な貴婦人だけれど、『リュカカのジョン』を前にしたときだけ少し様子がおかしくなる。本人はそんな姿を晒したくないようなので、リュカもカリーヌも見て見ぬふりをしているけれど。

オープンしたばかりの『ふわふわ屋』では、ほかにも製菓に携わりたいという店員たちが働くことになった。ベルティエ家の調理係や『猫背亭』で働く者の中からも、希望者を募った。欠員ぶんを新たに雇うことで「領民の職の口が増えた」と両親も喜んでくれた。

オープンしたばかりの店は、とても忙しい。仕事をしているアレットは元気で溌剌《はつらつ》としていて、その姿にリュカも安堵できた。

アレットはデコレーションだけではなく、ほかのメニューにも才能を発揮した。ほかの店員たちとのコミュニケーションも完璧で、カリーヌが「わたしたちいらなくない？」と目を丸くして驚くほどだ。

流通ルートに乗ることになった冷蔵庫は、使ってみたいとの申し込みが殺到しているとの嬉しい知らせを、モーリスから聞いていた。

『ふわふわ屋』の奥の、陽の当たらない場所にも冷蔵庫が置かれている。彫刻の施された扉を開けると、ひゃっとした空気が洩れてくる。

「文明の空気を感じる……！」

「ほんとうだ、冷たい！　すごい！」

寒冷地から運ばれてくる氷を、定期的に補充しないとただの箱だ。それでも「食品の温度を短時間で下げる」という手段が生まれたことで、料理にバリエーションが出た。

さらに、エクトルが彫刻を施してくれた冷蔵庫は、インテリアとしてもとても美しい。

やって来た客が「ちょっと見せて」とねだってくることもある。

その日は、筋肉隆々の調理係、エドメが『ふわふわ屋』に来てくれた。

「生クリームを、冷やしながら泡立ててほしいんだ。今までにない生クリームができるはず！」

遠心分離バケツでできたクリームをかき混ぜるボウルの下に、冷蔵庫の氷を入れたひとまわり大きいボウルを置いた。

「水分とか油分が入ると、泡立たないから……丁寧に拭いて」

間もなくできた生クリームをすくい取って、先端を尖らせた袋に詰める。

少しだけ絞り出してみると、とろりと白い生クリームが出てきた。

「わぁ、ふわふわ生クリームだ！　すごーいかわいい！　今までのよりも美味しそう！　カラーシュガーみたいに、色つけたりしてもいいよね」

うんうんと、リュカは頷いた。

「冷蔵庫っていってもきんきんに冷やすってわけにはいかないけど、でも低い温度を保っておけるから、垂れないふわふわ生クリームができる」

「生クリームの絞り出しいいね、ケーキの上に、ふわっと載せるのとかおしゃれだよね」

「これはセンスが問われる……なんか、うまくいかない……口金《くちがね》ってあったよね、いろんな形に絞り出せる……」

絞り出しに苦心しつつ「むむむ」とリュカは首を傾げた。横でカリーヌも同じような顔をしている。ふたりして「むむむ」と繰り返す。

精いっぱいの絞り出しを試みて、兄妹は大きく息をついた。

「なんかこう、もっとかわいい感じにならないのかな。お花みたいな形とか。これじゃ、テキトーに載せただけみたいだ」

ふたりはまた「むむむ」と悩んで、そして言った。

「やっぱりここはアレットにお願いするべきだと思うな。アレットならセンスよくデコレーションしてくれると思うの」

「やっぱりそうだよな」

大きく頷くリュカは、視線の向こうに籠を抱えて歩くアレットを見つけた。

「あっ、アレット！　やってみてほしいことがあるんだ！」

急いで籠を片づけたアレットが、ぱたぱたと駆けてきた。生クリームを見て歓声をあげる。

「今までよりもずっと、ふわっとしたクリームですね。食感が楽しそう！」

「味見してみる？」

アレットはますます嬉しそうな顔をした。銀色のスプーンでひとすくい、味わって声をあげた。

わっ、ふわふわ！　これをそのまま食べるんですか？」

「これ、飾りつけにいいと思うんだ」

カリーヌが、アレットの顔を覗き込んで言った。

「飾りつけ、アレットならきれいにかわいくしてくれるでしょ？　アレットの飾りつけ、いつもすごく素敵だから。アレットがデコレーションしたお菓子はいつも大好評だもんね」

「そう、ですね……」

しきりに褒めちぎられて、アレットは居心地が悪そうだ。それでいて悪い気はしないようで、リュカもにこにこした。

絞り出し袋をアレットに渡す。使い方を教えると、アレットはすぐに呑み込んだ。

「今までの生クリームよりも固めなんですね、だったら、こうしたらいいかな……」

眉を寄せつつ考えているアレットの姿に、リュカは見とれた。

（なにかに真剣に取り組む姿って、美しいなぁ……）

しみじみと見ているリュカを、カリーヌが肘でつついてきた。小さく声をかけてくる。

「あにちゃ、アレットはクレールさんが好きなんだよ？」

「知ってるよ？　なんなんだよ急に」

カリーヌはますます小さな声で、耳もとにささやいてきた。

「あにちゃが、アレットにうっとりしてるから」

「ええっ？　いやいやそんなんじゃないよ！　有能な人に対する感心だよ、嘆息《たんそく》だよ！」

「ムキになっちゃってあやし～い！」

からからとカリーヌが笑う。それでもカリーヌも、目の前のアレットの手業《てわざ》に見とれていて、自然と「へぇ……」と感心の声を洩らしている。

「すごーい、クリームがふわっとしてる。ちょっと斜めな感じで、ケーキからずれて載せてあるのがセンスいいよ。こういうのさらっとできるのすごいなぁ、さすがだね！　アレットにしかできないよ」

「おい、カリーヌ……」

褒めるのはいいことだけれど、さすがにそれは『誉め殺し』の域ではないかと、リュカは内心焦った。

それでも褒められているアレットは、嬉しそうににこにこしている。ならば問題ないと、リュカも心から言葉を尽くして、アレットを褒めたのだ。

第六章　クールナン地方のロマンス

今、リュカとカリーヌは、クールナン地方に来ている。アレットも一緒だ。

「わぁぁ寒い！」

「馬車から降りて第一声、やっぱりそれなんだ」

「だって寒いもん！　前来たときより寒い……あにちゃ平気なの？」

「いや……寒いけど」

二度目に訪れるフェレール家の馬留で、リュカとカリーヌはがたがた震えていた。寒風が骨身にひどく沁みる。

一歩後ろに立っているアレットは、なんともなさそうな顔をしている。

「アレットだって寒いよね？」

ぶるぶる震えながらカリーヌが尋ねると、アレットは平気な顔で頷いた。

「もちろんです、そろそろ雪が積もるくらいになりますね」

「全然、そう見えないんだけど……アレット、寒いのに慣れてるんだと思ってたよ」

「慣れたりしないですよ、寒いものはいつだって寒いです」

「そんなふうに見えない……」

やはり震えながら、カリーヌは疑わしげにアレットを見ている。

フェレール家の玄関扉が開いて、先頭に駆けてきたのはクレールだ。バイエの毛皮の、もこもこ上着を持っている。

「よくおいでくださいました。遠いところからありがとうございます」

「お邪魔します、お世話になります！」

リュカは丁寧に、礼をした。クレールも負けず劣らず、丁重に挨拶を返してくれる。

実際に会うのは久しぶりだけれど、クレールとは頻繁に手紙のやりとりをしているのだ。

「どうぞ、上着を」

「わっ、やっぱりあったかいなぁ。前に借りたときよりもあったかさが沁みる……寒いからかなぁ」

クレールの従者が、バイエの上着を着せてくれた。毛皮が内側の一着で、とても暖かい。

「もっと寒くなったら、毛皮が外側の上着も出してきますよ。その上に重ねれば、無敵です」

「無敵！」

はしゃぐ兄妹を前に、クレールはにこにこ笑っている。いつもの穏やかで優しい、頼り甲斐のあるクレールの姿だ。

（んん……？　ん？）

リュカは首を傾げる。リュカたちの後ろを見るクレールは、はにかんだような顔をしているのだ。

リュカは振り返った。クレールの視線の先には、アレットがいる。

ふたりの視線がしっかり合ったのを、リュカは目撃した。ふたりは同時に頬を染めて、勢いよく目を逸らせた。

見ているだけでリュカは、寒さを忘れた。

（やっぱりこのふたりは……だよね!?　うーん……なにもできない自分が、もどかしい！）

もだもだしつつ、リュカはカリーヌたちと一緒に、フェレール家の屋敷に招かれた。

屋敷で働く面々はリュカとカリーヌを覚えていてくれて、歓迎してくれた。

玄関をくぐって、屋内に入る。違和感にリュカは、首を傾げた。

「なんか……慌ただしい感じだね？」

「うん、人もすごく増えてるし。なにかあるのかな？」

あたりをきょろきょろ見まわしていると、クレールが「申し訳ありません、騒がしくて……」と頭を下げた。

「あっすみません、文句があるわけじゃなくて……なにか、催《もよお》しでもあるのですか？」

「もうすぐ私の、領主就任の儀《ぎ》がございます。落ち着かなくて申し訳ございません」

えっ、とリュカは声をあげた。

「そんな忙しいところにお邪魔して、すみません！」

クレールは「いえいえ」と、朗らかに笑っている。

「とんでもない、おふたりにもご出席いただきたいです……いかがですか？」

「いいんですか!? もちろんです、出席します！」

クレールは余裕を感じさせる笑みで「ありがとうございます」と頭を下げた。落ち着いて物静かで、とても領主らしい。

（さすがだなぁ……）

感嘆するリュカは、クレールの表情が変化する瞬間を目の前で見た。

（えっ!?）

とっさにリュカは、振り返った。リュカたちの背後にいるのは、アレットだ。

ふたりの目がぱっちり合っている。アレットは微かに頬を染めて、ぱっと視線を逸らしてしまった。

リュカは唖然と、それを見ていた。横に立つカリーヌと、目が合った。

（やっぱり、そういうことだよね……！）

アレットはこの屋敷の使用人に呼ばれて、ぱたぱた行ってしまった。「あっ」と見送ったクレールは、どこか居心地が悪そうだ。

カリーヌが「そうだ！」と声をあげた。

「おみやげ！　おみやげ持ってきたよ。これ！」

カリーヌが差し出したのは、くるくる巻いた紙だ。ベルティエ伯爵家の紋を捺《お》した封蝋で留めてある。

「お気遣いありがとうございます……これは？」

「ケーキのレシピだよ、アレットがデコレーション上手だから、こっちでも腕を発揮してほしいんだ」

クレールの表情が変わった。先ほどとは違う、落ち着いたまなざしだ。リュカも声をあげた。

「アレットは、ケーキのデコレーションがとても上手なんです、すごくセンスあるし。食べられるお花とか飾ってくれるのきれいでかわいくて、ラコステ地方でもすごく人気があるんですよ」

「へえ、さすがですね……アレットは昔からそういうセンスがあったけれど、そういう場面で開花するとは……そうなんですね」

クレールは、何度も頷いた。

「わたしたち、ラコステ地方で新しいお店を開いたんです」

「新しい？　『猫背亭』の支店としての、新しいお店ということでしょうか？」

「そうですね、支店というか、別のお店なんです、『猫背亭』はお料理のお店で、新しいお店は甘いメニュー専門なんです」

「なるほど……だからケーキなのですね？」

そうそう、とアレットが声をあげる。

「アレットはそこで、活躍してくれてるんです。新しいお店でアレットがすごく頑張ってくれてるから、とても好評なんです」

「そうなのですね……」

今のクレールは、敏腕ビジネスマンのようだ。この世界にそんな存在はないけれど、今のクレールがまさにそれなのかもしれない。きりりとした表情で、ついつい見とれてしまった。

「食事のためのお店を、このクールナン地方にも出したいと思うのですよ。おふたりさえよければ、相談に乗っていただきたくて」

クレールがそんな考えを持っているとは知らなくて、リュカは驚いた。カリーヌも同様だ。

「もちろんいいよ！　『猫背亭』クールナン地方支店とか、面白いよね！」

「なるほど、支店ですか。確かにそれは面白いですね」

クレールは興味深げに頷いている。リュカは畳みかけて言った。

「アレットの腕前を、みんなに見てもらいたいんです。クレールさん、こちらの厨房にお邪魔していいですか?」

「もちろんです、私もこのケーキを食べてみたいし、アレットの腕前を見てみたいですね」

クレールは指先で、レシピをぴっと弾いた。

(ますます、デキるビジネスマンだ!)

クレールは、ぱんぱんと手を叩いた。静かな足音とともに、お仕着せ姿の男性が現れる。

「エタン、ご兄妹を厨房にご案内して差しあげてくれ。このクールナン地方に、新しい味をもたらしてくれる方々だ」

「それは、楽しみですね……」

エタンという名のクレールの従者は、落ち着いた大人だ。そんな彼が目をきらきらさせているのは、見ているこちらもうきうきする。

「厨房にお邪魔するの楽しみ、前もたくさん、美味しいものご馳走《ちそう》になったしね!」

「ご期待に添えるかわかりませんが……」

エタンは控えめながらも、なにかを期待しているような表情だ。リュカたちはエタンに着いていく。

この屋敷の厨房は、ベルティエ家のものと同じくらい広い。たくさんの調理係が、てきぱきと働いている。

とはいえ、忙しい時間ではないようだ、リュカたちが入ってきたのを見て「あっこんにちは」「ああ……ええと遠くからおいでの」「お料理上手なご兄妹ですよね！」と次々声がかけられる。

しばらくぶりだけれど、とても歓迎されている雰囲気に、リュカの気持ちも温かくなる。

「レシピを持ってきたんです。チーズケーキとか、ほかにもいろいろ！」

「ちーずけーき？」

「チーズを使ったケーキですか？」

厨房の中が、賑やかになった。厨房の調理係たちがリュカのレシピを広げて「これは……」「これはすぐに挑戦できるかもしれません」と話し合っている。

フェレール家の厨房で、リュカの持ち込んだレシピを実践することになったのは、次の日だった。

厨房は、ケーキのための材料を集めたり調理器具を出してくる者たちで、とても賑やかだ。

「腕が鳴るなぁ」

木製冷蔵庫は、ここクールナン地方にもある。厨房の隅、陽の当たらない場所に大きな冷蔵庫が置かれている。

表面には細かな彫りものがあって、これはエクトルの作品だ。ここは遠いクールナン地方なのに、地元のラコステ地方にいるような気持ちになった。

「これが、郷愁の念ってやつかな……」

「うん、そうかも。いつでも帰れるけどね……これって幸せなことだよね」

ふたりは顔を見合わせて、にっこり笑った。

(前世の世界も、懐かしいといえば懐かしいけど、カリーヌがここにいるから帰りたいとかは思わないな)

「どうしたの、あにちゃ?」

「なんでもない!」

不思議そうな顔のカリーヌを前になんだか照れくさくなって、ぶんぶん首を振って誤魔化した。

必要なものを使わせてもらえることになって、リュカはふわふわチーズケーキを作った。湯煎焼きも慣れたものだ。

「冷蔵庫の氷で冷やして、表面が割れないようにはなったんだけどね」

「それでもアレットのデコレーションは、みんなに見てもらいたいよね！」

リュカはボウルの中身をかきまわした。クリームをかき混ぜているのだけれど、身体年齢十二歳の腕力ではすぐに腕が疲れてしまう。

「手伝いますよ、力が必要でしょう」

「あ、ありがとう……」

筋肉隆々のエドメに負けない体躯の男性が声をかけてきて、引き受けてくれた。どんどんクリームが撹拌《かくはん》され、たちまちたくさんの生クリームが泡立てられる。

焼きあがったケーキ、たっぷりの生クリーム、そして色とりどりのデコレーション素材が、ずらりと調理台に並べられた。皆が、わあっと歓声をあげる。

「きれいだねぇ……これだけで充分、目の保養です」

「なに言ってるの、これからケーキを飾るのよ。もっと素晴らしくなるに違いないわ」

デコレーションの準備をしているアレットが、肩をすくめている。プレッシャーを感じているのだろうか。

リュカは、カラーシュガーの入ったちいさな瓶がたくさん入った籠を渡しながら、アレットを励ました。

「アレット、これと、これ。いつも通りにすればいいよ」

「はい、ありがとうございます！」

リュカが心配することはなかった、アレットはとてもやる気のようだ。任せておけば安心だろう。

わくわくわくわく、期待を込めた声が周囲に広がっている。あたりがざわざわする中、アレットは手慣れた調子で、ふわふわチーズケーキにデコレーションを施していく。

生クリームを、ナイフを使って平たく塗りつけたり、先端を使って花びらのような形にしたり、絞り出しで飾ったり。

色づけした生クリームを使っての飾りつけの工夫は、アレットの発案だ。配色のバランスが、絶妙なのだ。

ケーキの上に、アレットのセンスで選んだ食べられるいろいろな花の花びら、厨房で試行錯誤してできあがったドラジェを飾る。

ドラジェは糖衣《とうい》がけしたお菓子のことだけれど、ここでは樹蜜を転がして小さな粒にして、その粒に金や銀、カラーシュガーをまとわせたアラザンなんかを作ったのだ。

さまざまに美しくデコレーションされたケーキが、ずらりと並ぶ。アレットの渾身の技術だ。

「おおお……壮観、壮観！」

波が広がるように、厨房中に感嘆のざわめきが広がる。リュカは見慣れているとはいえ、やはり圧巻だ。

リュカはカリーヌに「誇らしくないか？」とささやきかけた。カリーヌはうんうんと頷く。

「それは本当にそう。ねぇ、すごいねアレット！」

厨房の者たちも感嘆して、しきりに讃辞が飛び交っている。

「ほんとうに……アレットはおしゃれだと思っていたけれど、ケーキの飾りつけもこんなに上手なのね？」

「わぁ……あっ、このお花！」

声をあげたのは、カリーヌと同じくらいの歳のメイドだ。ケーキの真ん中に開いている、ピンクの蜜漬けの花を指差した。

「このお花、ポーチカンっていうんですよ！　この花の花言葉はね、『あなたしか見えない』なんですよ」

「うわぁ、ロマンチック！」

カリーヌがはしゃいで、厨房中がますます盛りあがった。アレットは、はにかむようにうつむいているけれど、唇の端が緩んでいるのがわかる。

「この花って、なんか……ブーゲンビリアに似てるな」

「あにちゃ、お花にも詳しかったの？　意外」

カリーヌが心底不思議そうな顔をしたので、リュカは「詳しいですけど？」と唇を尖らせた。カリーヌがけたけた笑う。

「なんとなく記憶にあるんだ、ここ、色がついてる部分。ここは苞《ほう》っていって、葉っぱの一部なんだ。花はここ、真ん中の白いところ」

「えっそうなの？　どう見てもここが花だよね」

へぇ、と感心するカリーヌに「少なくともブーゲンビリアはそうだったよ」とリュカは言った。

「ブーゲンビリアは食用じゃないしね。でもブーゲンビリアの花言葉も確か、そんなロマンチックなやつだった」

「うわぁ、おあつらえ向きじゃない」

カリーヌの、はしゃぐ声が耳に心地いい。

「あっ？」

厨房の空気が、ざわりと変わった。はっとして、リュカは振り返った。カリーヌもだ。

「マリエルさま、このようなところにおいでになるなんて！」

年輩の調理係の女性が、驚きの声をあげる。厨房に入ってきたのは、マリエルだ。リュカの背中がぴーんと伸びた。

マリエルは兄・クレールとお揃いの淡い青の目をぱちぱちさせて、アレットを見ている。マリエルに見つめられて、アレットは萎縮したように身を縮み込ませた。

そんなアレットを、マリエルが睨みつける。

「なんなのこの騒ぎ？　お客さままで巻き込んで騒々しいこと」

アレットの全身が強ばった。デコレーションを褒められたときは明るかったアレットの表情が、どんどん暗くなっていく。

「ごめんなさいマリエルさん！　わたしたちが始めたんです」

「そうなんです、すみません。僕たちがうるさくしたので」

マリエルの表情は、リュカたちを前にして表情を柔らかくした。

「いいえ、おふたりが悪いのではないのです」

マリエルの態度が変わった。リュカたちに対してはとてもにこやかだ。一方でアレットを見る目は、ぞくりとするくらいにきつい。

（やっぱり、「お兄さまに色目を使うのはやめなさい？」という気持ちのままなのかな……無関係な僕が、どうこう思うことじゃないんだけど……）

ちらりと視線を動かすと、カリーヌと目が合った。

（でもアレットが、辛い思いをしてるのはいやなんだ）

カリーヌも、同じことを考えているようだ。ふたりして、小さく頷いた。

マリエルの登場で、アレットのデコレーションした芸術的なケーキを囲んではしゃぐ厨房の盛りあがりは、やや沈静化してしまった。

自分がそんな雰囲気にしてしまったことに気がついたのだろう、マリエルは顔を歪めている。

「ええと、試食しようよ！」

カリーヌが声をあげる。それでまた厨房は、盛りあがりを取り戻した。「もったいない！」「きれいすぎてナイフ入れられない……」と騒ぎながら、ケーキを皆で切り分ける。

「おお、見た目だけじゃなくて味も素晴らしい！」

「これは……こんなふかふかなケーキを食べたことはありません。クリームもふわふわだし、こんな食感があるんですね……」

厨房は賑やかだ。そんな中、厨房の長が、マリエルにもひと口勧めた。

「さ、マリエルさまも」

「えっ……ええ」

おずおずと口に入れると、マリエルの顔がぱっと明るくなった。さりげなくマリエルを見ると、その表情から先ほどのような厳しさは消えていた。大きく目を見開いてケーキを頬張っている姿は、かわいらしい。

（マリエルさん、かわいい人なんだから意地悪言わないといいのにな。お兄さんに『悪い虫』がつくのが、いやなのかなぁ……）

『悪い虫』というのが『泥棒猫』みたいな、小説や映画でしか使わない言葉だなと、リュカはそっと肩をすくめた。

アレットは皆に褒められつつ、マリエルの視線を気にしつつ、喜びだけではない複雑な表情をしている。それがリュカには気になるのだ。


その夜、リュカとカリーヌはクレールに呼ばれた。場所は広間だ。話題はマリエルのことかと、リュカは少しばかり身構えた。

クレールの従者が案内してくれた、この広い屋敷のいちばん大きな応接室は、リュカたちの前世的に言うと学校の体育館くらい広い。従者に扉を開けてもらって入ったけれど、広すぎて誰が部屋にいるのか、一見してわからない。

「あれっ、モーリスさん！」

「こんにちは、ベルティエ家のご兄妹」

大きなソファには、モーリスが座っている。モーリスはソファから立ちあがって礼をしてくれた。リュカは驚いて、慌てて挨拶する。

「こんにちは！　モーリスさん、お元気そうでよかった！」

「カリーヌさんもお元気そうですね。こちらはずいぶん寒いでしょう、大丈夫ですか？」

「うん、大丈夫！　外ではバイエの毛皮の上着を着るんだよ。モーリスさんも着たことある？」

　カリーヌは、ひょいっとモーリスの隣に座る。そうやって屈託《くったく》なく誰にでも甘えられるのは、カリーヌの取り柄だ。リュカはいつも、すごいと感嘆している。

「バイエの上着ですね、もちろんありますよ、温かくて柔らかくて、この地方の冬にぴったりですよね」

「そうそう、わたしも貸してもらってからハマっちゃって。今はお外行くたびに借りてるけど、いずれわたし専用のを作ってもらいたいって思ってるんだ」

　妹のコミュ力の高さにいつもながらに感心しながら、リュカもモーリスの横に腰を下ろした。

「それはいいかもしれません。だってこちらに『猫背亭』の支店を出すんでしょう？　今まで以上に訪問する機会も増えるでしょうから」

「支店のこと、知ってるんですか！」

　モーリスはにこにこ、うんうんと頷いている。

「もちろんですよ、こちらにはその件で伺ったのですから」

「ええっ？　モーリスさんが？　わざわざ？」

　カリーヌが驚いている。それはリュカも同じで、瞠目して笑顔のモーリスを見た。

「私がこちらにいるのは、隣国のドラーツィ公国を訪問したからなのですよ。その帰途《きと》です」

「ドラーツィ公国……ああ、前に『猫背亭』に来てくれた外国の人たち、ドラーツィ公国の人だったよね？」

リュカは「そうだったな」と頷いた。

「レシピを見てわたしたちの料理に興味を持ってくれたって言ってたよね。外国ったって国境挟んですぐに隣だし味覚とか似てるのかもしれないよね」

そうですね、と頷くモーリスは、いつも以上のにこにこ顔だ。

「こちらにおふたりが来てらっしゃると伺いましたのでね、お邪魔したのですよ」

驚くリュカたちの前に、クレールが現れた。「お呼びだてして申し訳ありません」と丁寧に礼をして、正面のソファに座る。

四人で、『猫背亭クールナン支店』の話になった。

「我が家の厨房から、希望者を募りました。店で働きたい者たちは店で、空いたそのぶんこちらでは新しい調理係を雇うことになります。仕事が増えて助かります」

「それ、父さまと母さまにも言われたなぁ」

「雇用を作り出すのは大切なことです。それにご助力いただけて感謝しています」

クレールは丁寧に頭を下げて、モーリスはリュカは恐縮した。

「わわっクレールさん！　僕たちこそすごくありがたい話なので、そんなに恐縮しないでくださいね」

「そうそう、アレットの腕前がこちらでも認められたら、すごく嬉しいことだしね」

アレットの名が出たのと同時に、リュカは反射的にクレールを見た。

クレールは少しだけ眉を動かしたけれど、それだけだった。今は仕事モードなのだ。切り替えがしっかりしているのはすごいと、リュカは感心した。

「あっでも、アレットはわたしたちとラコステ地方に帰るよ？　デコレーションの技術は伝えてもらうけどね。アレットは必要な人材だから！」

「それはわかっています、アレットのテクニックは貴重なものですからね」

うんうん頷くクレールに、自分が褒められたわけではないのにリュカは嬉しくなった。

モーリスはとても興味深げな表情をしている。年齢と重い立場に似合わず、美味しいものが大好きで、リュカたちの料理を子どものように喜んでくれる人物だ。

今もモーリスは、新しい店の話に目をきらきらさせている。この場でいちばん年上なのに、いちばんうきうきしているようだ。

それでもうきうきしているばかりではない、モーリスはクレールに向き合った。

「クールナン地方の職人ギルドには、話をつけましたか？」

「いいえ、まだ。職人ギルドと関係を築いていたのは兄なので、これからです」

「では、私にやらせてください。私がこちらの職人ギルドと、話をしましょう」

「えっ？　モーリスさんが？」

リュカとカリーヌは、揃って驚いた。クレールも驚いている。モーリスは頼り甲斐のある笑顔で、にこにこ微笑んでいる。

「ですが、閣下にそこまでお手数をおかけするわけには……」

「なんのために私がここにいると思うのですか。私を存分にお使いなさい。お役に立てるのは、とても嬉しいことですよ」

恐縮するクレールに、モーリスはにこにこ笑っている。

「ありがたいことです、感謝いたします……」

クレールは小さくなっていたが、動きは早かった。モーリスの尽力もあって、新しい店の開店準備は順調に進んだのだ。


新しい店のオープンのために、やらなくてはいけないことはたくさんある。

リュカとカリーヌは、クールナン地方の『猫背亭』で働くスタッフたちにチーズケーキを始めとした、お菓子作りの技術を伝える。

アレットも、デコレーションのやり方を教える手順を掴んだようだ。

新しい店で働きたい者たちは、こぞってアレットにデコレーションを学びたがる。ふわふわケーキことスフレチーズケーキの焼き方を学ぶ者も、デコレーションすることが前提になっている。

「やっぱりアレットの、デコレーションふわふわチーズケーキは人気だね」

いつの間にかそんな名前がついている。リュカは笑ってしまった。

「アレットのセンスは繊細だし、特にこのクールナン地方の人たちの趣味に合うみたいだね」

「やっぱり出身地だから、この地方の人とセンスが合ってるのかな」

アレットは、楽しげに元気よく働いている。様子を見にクレールも顔を出す中、彼と話すアレットは楽しそうだ。クレールの前ではアレットも本来の朗らかさでいられるようだ。

「なんだか、ロマンスの香りがする……」

「カリーヌ、噂好きのご近所さんみたいなこと言うなぁ」

呆れるリュカに、カリーヌはにやにやと笑いかける。

「もう、でもだって、あにちゃだってわくわくしてるんじゃない？」

「それは……するだろう。わくわく」

素直に認めると、カリーヌはますますにやにやした。

「アレットも、クレールさんのこと好きだと思うんだけどね。でも……」

兄妹は目を見合わせて、どちらからともなくため息をついた。

その夜、フェレールの屋敷でクレールとの打ち合わせがあった。テーブルを挟んで正面に座るクレールに、カリーヌが問いかけた。

「ねぇねぇクレールさん、アレットとうまくやってる？　毎日顔を合わせてるんでしょ」

「ま、ぁ……そうですね」

クレールは急に、歯切れの悪い物言いをした。カリーヌは顔を輝かせた。ずずいとクレールに膝を寄せる。

「クレールさん、アレットにもっと、ぐいぐい行ってもいいと思うんだけど？」

「とんでもない！」

書斎の椅子から転がり落ちる勢いで、クレールが言った。

「ぐいぐいなんて！　そんなことできるわけがないじゃないですか!?」

キレ気味のクレールにカリーヌが驚いている。そんな自分に驚いたらしい。クレールは顔を引きつらせて、こほんと咳払いした。そのままがっくりとうなだれる。

「できるわけないですよ……だってアレットさんは、私を昔馴染みとしてしか見ていないし」

「ええぇ、そうかなぁ？　あんなに仲よさそうなのに？」

「仲よさそう……そう、見えますか……？」

自信なげに、クレールは背中を丸くした。いつものクレールと同一人物とは思えない。

「うん、そうとしか見えないよ？　ふたりっきりのときはお互いのこと話したりしないの？」

領地運営や店の話をしているときは、『頼り甲斐のある領主さま』なのに。今は追い詰められた子うさぎのように、ぷるぷるしている。

「そんな、お互いの話なんか……できません」

カリーヌがリュカを見た。ということは、アレットがマリエルにいじめられているということをクレールは知らないということだろうか。

目を見合わせたカリーヌは、うんうん頷いている。リュカも頷き、今は黙っておくことにした。

(言うのはいつでも言えるからね)

そんなリュカとカリーヌの目の前で、クレールはなおも小さくなっている。

「私はだめなんです……想う人に気持ちも伝えられない……それどころか、仕事以外の話もできない。だめなんです、こんな私は……」

「もお、やめてよ！」

カリーヌが声をあげた。クレールがびくりと肩を跳ねさせる。

「なんでそんな顔するの！　やめてください、だめなんてことないよ？」

「ですが、私は……」

「そういうの、ヘタレって言うんだよ？」

「カリーヌ！」

本当のことだけれど！　カリーヌの歯に衣着せぬ言葉に、リュカは思わず声をあげた。

カリーヌは、言い過ぎたというように肩をすくめた。

「だってね、クレールさん……仕事モードのときはすっごく頼り甲斐があって、かっこいいのに。アレットのことになると、どうしてそんなヘタレになっちゃうの？」

「それは……ううう」

俯いてしまったクレールは、まさにヘタレだ。カリーヌが手を伸ばして「よしよし」と背中を撫でた。それでもクレールは、ますます沈み込んでしまう。

「私はまだまだ、若輩者で……まさか、あの……そんな」

「プロポーズできないってこと？」

「カリーヌぅ！」

妹のいきなりの直球に、リュカは「こらっ！」と声をあげた。あまりに自由な妹の兄として、叱るべきときには叱らなくてはならない。

「プロポーズ……」

クレールが、椅子にのめり込んでいなくなってしまいそうなほどに萎れている。そんなクレールに、アレットが追い打ちをかける。

「アレットに、プロポーズしたいんだよね？」

「おおいカリーヌ！」

暴走列車のようなカリーヌを、リュカは懸命に止めようとした。しかしクレールには、兄妹の動向など目に入っていないようだ。

「プ、プロポー、う、ううっ……はい」

クレールが認めたので、リュカは驚いた。カリーヌは宥めるように、クレールに頷きかけている。

「でも心構えもないままにいきなり当主になっちゃって、自分でもどうしたらいいのかわからないんだね？　領地や家を継いだばっかりで、優先順位も難しいもんね」

「はい……う、ううっ」

クレールはぐすっと洟《はな》を啜った。（泣いてるの!?）と驚愕して、リュカは思わずクレールの顔を見た。

「側にいてほしいのは、アレットだけです……ですが領主の妻になれなんて、気安く言えることではありません。今までの私がプロポーズするなら、クレールというただの男の妻になってほしいというお願いだったのに……領主になってしまった今では」

「振られるのが怖いだけでしょ？」

「カリーヌぅぅ！」

リュカは、さらに大きな悲鳴をあげた。しかしカリーヌは、クレールのヘタレっぷりが許せないらしい。

「クレールさんがそんなんだから、マリエルさんを止められないんだよ。知ってる？　マリエルさんが、アレットに……」

「カリーヌぅぅぅ!!」

リュカの悲鳴が、大きく弾けた。慌ててカリーヌの口を塞ぐ。

「ふがっ、あににゃっ！」

「すみませんクレールさん、カリーヌがよけいなことを！」

「むがが っ！」

目の前のクレールは、目をつりあげている。

「マリエルが？　どういうことですか？」

先ほどまでのヘタレっぷりはどこへやら、クレールの表情が変わった。リュカは観念する。

マリエルがアレットを身分違いだと責めているということも、クレールに告げた。

「ええと、マリエルさんの気持ちもわからないでもないけど……ちょっとね、言い過ぎかもしれないって思うんだよ……ええと、アレットが傷ついてるのがわかるから……」

リュカは口をもごもごさせた。それ以上を言わないようにと口を塞がれているカリーヌは、じっとクレールを見ている。クレールが小さく呻いた。

「そんなことを……マリエルが……あいつ……」

やはりクレールは、知らなかったのだ。マリエルも兄の目から隠れて嫌味を言うあたり、言ってはいけないことだとわかっているはずなのだ。

苦悩しているクレールの悩みを増やすのは本意ではないけれど、この期に及んで事実を隠せるほど、リュカは器用ではなかった。

妹の所業を知って悩み始めたクレールは、邪魔できない雰囲気だ。リュカとカリーヌは「失礼します……」と小さく言って、そっとクレールの書斎を去った。

リュカとふたりの部屋に戻ったカリーヌは、眉根を寄せている。

「やっぱりマリエルさんに、直接言おうよ。アレットにあんなこと言わないでって！」

ぷんぷんしながらカリーヌは、ぼふっとソファに座った。いつものように、リュカもその隣に座った。

「きっとアレットにだけじゃないよ、あの調子でいろんな人を傷つけてると思う。放っておいたら被害者増えるよ、わたし、マリエルさんに文句言ってくる！」

なおもぷんぷんしているカリーヌを、リュカは懸命に止めた。

「でも、いいのかなぁ？　部外者がよけいな口出したらこじれるんじゃないかと思って」

「でも、放っておいたらよけいにこじれない？　っていうかもうこじれてない？　アレットのメンタルが心配だよ……このままじゃよくない、絶対！」

「でも、僕たちが直接マリエルさんに言っていいと思う？　だめだよ、よけいなことしちゃ……まずはクレールさんの判断に任せようよ」

「もーお！　あにちゃ、なんでそんなに呑気なの!?」

苛立った口調で、カリーヌはだむだむ足踏みをした。リュカも、だむっと床を踏んだ。

「あにちゃ、むかつく」

「なに言ってるんだよ、僕が呑気なんじゃないよ。これは人間関係じゃないか、頭ごなしに対応しても反発を買うだけだよ。言い方ってものもあるし、そこをちゃんと考えないと。だからクレールさんも、悩んでるんじゃないの？」

「そんなこと言って！」

アレットは唇を尖らせている。

「あにちゃだって知ってるじゃない、アレットが傷ついてあんなに落ち込んでるの、放っておくの？　それがいいことだとでも思ってる？」

「そういうわけじゃないよ、でもマリエルさんにもマリエルさんの、そしてこの家の事情があるんだから、そこをちゃんと鑑みて……」

カリーヌが今まで見たことがないくらいに、子面憎《こづらにく》い顔をした。

「あにちゃのわからず屋！」

「カリーヌこそ！」

ふん、とふたりは顔を背けた。カリーヌが勢いよくあちらを向いたので、ふわふわの髪にビンタされた。

「いたっ！」

「あっごめん、あに……」

いつものカリーヌなら、すぐに素直に謝るところだ。実際そうしようとしたのだろうけれど、喧嘩中《けんかちゅう》であることを思い出したらしい。

申し訳なさそうなカリーヌの目と、視線が合った。カリーヌはそのまま「ふん！」とわざとらしく声に出して、ベッドに飛び込んで毛布をかぶってしまった。

兄妹は初めて喧嘩をした、のだと思う。今までこんなことがなかったので、リュカとしては実感がない。

カリーヌといっさい口を利かなくなったわけではない。それでもアレットのことを話題にすることを、避けるようになってしまったのだ。

互いが相手に『話してはいけないことがある』となると、妙な距離ができてしまう。兄妹の間は、微妙な感じになった。常に一緒にいるという感じではなくなってしまった。

（そういえば、カリーヌとは四六時中、ずっと一緒にいたなぁ。改めて考えると、不思議な感じ）

カリーヌと一緒にいない時間なんて、カリーヌが生まれてからはほとんど記憶にない。前世でも妹と仲はよかったけれど、ずっと一緒にいたわけではない。前世では両親が離婚して、兄妹はそれぞれに引き取られていた。

しょっちゅう会って一緒に料理をしていたりしたので、互いが近くにいることに違和感はなかったのだ。

それでもこの世界でのように、起きてから寝るまでずっと一緒という生活は、前世ではなかった。

こんなに妹との距離が近くなったのは、ベルティエ伯爵家の子どもとして転生して再会してからだ。

あれからリュカも、ベッドに潜り込んだ。陽が昇って薄い光が部屋に射し込んで、ごそごそ起きているカリーヌに「おはよう」と言いかけて目が合って、「ふん！」と目を逸らされてしまった。リュカは唖然とする。

（気まずい……！）

そうは思いながらも「じゃあ部屋を替えてもらおう」とまでは思わない。声には出さずに呻きながら、兄妹は無言で、運ばれてきた盥の水で洗面をして、食堂で朝餉をいただいた。

いつも通りに連れ立って、厨房に向かう。一緒にいても、やはり会話はなかった。

厨房で目に入ったのは、棚の前で唖然と立ち尽くす調理係の少年だ。カリーヌがぱたぱたと駆け寄った。少年の手にはメモ書きがある。

「ええと……僕、ドロテさまにこれを渡されたんですけど。材料を集めるようにって言われて、あの」

「うん？　ドロテさんって……ああ、料理番の人か」

ドロテの顔を思い出した、白髪交じりの年輩の女性だ。少年は妙にもじもじしていて、リュカは首を傾げた。

「あの、僕……ここになんて書いてあるのか、読めなくて」

「あっ、そっか」

リュカとカリーヌは目を見合わせた。アレットが読み書きできることに驚いたくらいに、この世界では識字率が高くないのだ。厨房の下働きの少年が字を読めるわけはなくて、ドロテはそのことを失念していたのだろう。

「わかった、貸して？」

「ありがとうございます……！」

メモ書きはリュカが読んで、材料集めの手伝いをして、少年の仕事は問題なく済んだ。

それはそれでよかったけれど、今までずっと気にしながら、どうしていいかわからない識字率の問題にリュカは改めて思い至った。

「うーん」

「どうしたの、あにちゃ？」

「カリーヌ、あのさ」

いつも通りに答えようとして、喧嘩中だったことを思い出した。カリーヌも「あっしまった」という顔をしている。

だからその続きは、ぎくしゃくとした会話になってしまった。

「ええと、レシピなんだけど。字だけじゃわかりにくいよね、確かに」

「うん、確かに」

リュカはちらちらカリーヌを見た。カリーヌもちらちらリュカを見る。喧嘩中であることを気にしているのだけれど、なんとなく喧嘩の雰囲気ではなくなっていて、いつも通りに話している。

「ドラーツィ公国のお客さんたち、わざわざ来てくれたじゃない？　あの人たちの言ってたみたいな、よりわかりやすいレシピをどうしたらいいのかなって考えてたんだよな」

「イラスト、いっぱい入れたらどうかな？」

カリーヌの言ったことに、リュカは「それだ！」と声をあげた。

「部屋に戻って、サンプル描いてみよう!?」

ふたりで、自分たちの部屋に駆け込んだ。

部屋の窓際には、机が置いてある。簡素で頑丈な机だ。冷蔵庫もそうだけれど、こちらの家具は簡素なものが多い。

ベルティエ伯爵家のリュカたちの部屋にも書きもの机があるけれど、優雅な猫脚で細かい彫刻が施されている家具だ。

地域によって文化は違うのだと実感しつつ、机の上の書き損じの紙の束に飛びついた、紙は無駄遣いできないので、書く場所の残っている切れ端を集めてあるのだ。

リュカとカリーヌはペンにインクをつけて、イラストを描いてみた。

「むむ……む、う……っ?」

「うう……う」

唸るばかりのふたりは、大きく息をついた。

「そういえば……まともに絵を描いたこととか、なかったね……」

「ないことはないよ、前世では美術の授業とかあったし……確かにうまいとも思わなかったけど、こんなに僕、絵心がなかったかな……」

ふたりして、意気消沈してしまう。書き損じを使ってよかった、新品の紙に書いていたら「無駄遣いをした」と後悔するところだったと、リュカは自分を慰めた。

むむう、とリュカは腕組みをする。そんな兄を見ていたカリーヌが、「あっ」と声をあげた。

「あっアレット！　アレット、こっちこっち！」

大きな籠を抱えたアレットが廊下を歩いているのを、声をあげて呼び止めた。ぺこりと会釈するアレットのもとに、ふたりはぱたぱたと走り寄る。

「手伝うよ、重くない？」

「ありがとうございます、大丈夫です」

「ねぇねぇ、その仕事終わったらこっちに来てくれない？」

声をあげるカリーヌに、アレットは不思議そうな顔をしている。

「どうなさったんですか？　なにか……」

「レシピにね、イラストをつけようと思うんだ」

「イラスト、ですか」

アレットの抱える籠の中身は、卵だった。重くはないけれど慎重に扱わなくてはならない。

三人でせっせと厨房に運び、改めてアレットを部屋に誘って、ペンを握ってもらった。

「レシピにイラストを載せたいの。デコレーションしたケーキの絵、描いてくれないかな？」

「どうして、わたしの絵を……」

遠慮していたアレットは、兄妹の書き損じを見て「ああ……」と頷いた。

「アレット？　なにその、納得！　って顔は⁉」

「ほんとうのことじゃないか、カリーヌ」

カリーヌの肩をぽんぽんと叩いて、リュカは妹を宥めた。

「ええと、わたしたちの絵心はともかく。ねぇアレット。アレットのデコレーションのアイデアを描いてみてほしいの」

「わたしが、ですか……？」

「うん、アレットはあれだけセンスがあるんだもん。イメージを絵にするのもうまいんじゃないかと思うんだ」

「で、すが……わたしは絵を描いたことなんてなくて」

戸惑うアレットを、カリーヌは促した。

「いいからいいから、描いてみて描いてみて！　ケーキのデザイン画！」

おずおずとアレットは、ペンを動かす。リュカとカリーヌの口から「おおお……」と感嘆の声が洩れた。

「すっごい上手！」

「絵なのに、めちゃくちゃ美味しそう！　デコレーションだけじゃなくて絵もうまいんだね、すごいな！」

「アレット、こんな才能もあるんだね。見られて嬉しい」

兄妹から口々に讃辞を寄せられたアレットは、もじもじしている。それでもまんざらでもないらしい。

嬉しそうなアレットを見ていると、リュカも嬉しくなった。

「このアレットの絵、レシピに載せたいんだけどいいかな？　もちろんお金は払うし、好評だったらまたお願いしたいな」

「そ、んな……お金なんて！　『ふわふわ屋』の仕事で充分いただいています。こちらでも過分な報酬をいただきましたし……」

アレットはあわあわしている。カリーヌは立派な経営者の顔で、アレットに告げる。

「それはそれ、これはこれだよ。自分の仕事を卑下しちゃだめだよ、威張る必要はないけど価値は認識しないと。それに、これだけの挿絵があるレシピならわかりやすくて、今まで以上に売れるはず！　そしたらアレットに、原稿料渡すね」

「あ、ありがとうございます……でもいいのでしょうか……こんな、おこがましい」

アレットは迷っているようだ。以前のアレットなら喜んでくれそうなものなのに。その背中を押すつもりで、リュカは「いいに決まってるよ！」と声をあげた。

「アレットには頑張ってほしいし、一緒にいろいろ作りたいんだ。僕たちも、アレットの才能を知るのが楽しいから」

ふたりが言葉を重ねるうちに、アレットは前向きになってきたようだ。

「ねぇ、アレット。チーズケーキのバリエーションの新作レシピを作りたいし、ほかにも『ふわふわ屋』向けのレシピも作りたいの、このイラストを新しいレシピに使ってもいい？」

「は、はいっ！」

顔を輝かせるアレットは、とてもかわいらしくて魅力的な少女なのだ。この元気で溌剌としたアレットこそが、本来のアレットだ。

むむっとリュカは、考えた。

（やっぱりマリエルさんに、釘を刺すべきなのかな……カリーヌが言うみたいに。でもやっぱり、僕たちが口を出していいことだとは思えないんだよな……）

とはいえ、またカリーヌと喧嘩したいわけではないので、もう口には出さないけれど。

それから、数日。

アレットの描いた挿絵つきのレシピを近隣の屋敷に持ち込んでみると、どこでも好評だった。

そのことをアレットに告げると、このうえもなく嬉しそうな顔をしたことにリュカも嬉しくなった。

「その場で買ってくれたお屋敷も多かったから。はい、これ」

アレットに、売り上げぶんの硬貨の入った小さな革袋を渡す。

「えっ、これ……いいんですか？」

「もちろんだよ、アレットのイラストがセールスポイントだったんだから」

リュカの言葉に、アレットの顔がぱっと輝いた。

「わたしにも、少しは価値があるのかな……？」

それはアレット自身も無意識の呟きだったのだろう。それでもその言葉は、リュカの心に沁みた。

（自分の価値を疑う、みたいな気持ちになってたんだな……やっぱりマリエルさんに言われた言葉のせいなのかな……）

それほど気に病んでいたのだと、改めて気の毒に思った。

沈思するリュカの横で、カリーヌが声をあげた。アレットの手をぎゅっと握っている。

「価値なんて！　あるに決まってるよ！　ないわけないじゃない！」

カリーヌの勢いに、アレットは戸惑っている。それでも嬉しそうな表情を浮かべて、手を握り返した。

「そうですね、ありがとうございます……！」

アレットの口調は以前のように元気で、リュカは少しほっとした。

夜、寝る前の時間。ベッドに潜り込んだリュカは、同じく毛布にくるまっているカリーヌと話した。

「これでアレットが、マリエルさんの嫌味に対抗できるくらいの元気を取り戻してくれたらいいんだけど」

そうだよなぁ、とリュカはため息をついた。

「ベルティエ家にいたときは、もっと元気だったのに。『ふわふわ屋』で働くことになってからは、もっともっと元気だったのに。こっちに来てからやっぱり、元気がなくなったんだよな……」

カリーヌが、がばっと起きあがった。

「うおっ!?」

「やっぱり文句言おうよ、マリエルさんに!」

「うむう……それ、は……」

カリーヌと喧嘩した事案だけに、また話題にするのはためらった。言葉を選んで、リュカは話す。

「でもなぁ……ただ『だめだよ』って言うだけで、納得してくれるかどうか……マリエルさん自身が批判されたって思っちゃって、その矛先《ほこさき》がますますアレットに向かないかなって、それが心配なんだ」

うーん、とカリーヌは唸った。

「こっそり、見えないところとかでね……それは確かに、心配だなぁ……お兄さんのクレールさんも、気づいてないもんね」

リュカも、うんうん唸った。

「マリエルさんに、アレットにいろんな才能があるってとこ見てほしいなぁ。身分とか関係ないってこと、自分の目で見たら納得できないかなぁ……」

「こないだのデコレーション、マリエルさんは動じてなかったから。迫力が足りないのかも」

迫力かぁ……とリュカは、首を捻った。

「マリエルさんが『この人が褒めるなら本物だ！』って納得するような人が褒めないと、認められないのかも……？」

「納得する人って、誰かなぁ？」

「誰だろう……？」

うんうん悩みながら、いつの間にかふたりは眠っていた。

兄妹の苦悩は、次の日に解決を見た。

朝食を摂るために食堂に入ると、にっこり微笑むモーリスが「おはようございます」と挨拶をしてきて、とても驚いた。

「モーリスさん、どうしたの!? どうしてここに？」

「ええと、お仕事大丈夫なの？」

揃って心配してしまった。モーリスは、このレニエ王国の宰相なのだ。王都にいなくていいのだろうか。

「これも仕事ですよ、外交です」

「どういうこと？」

カリーヌの問いに、モーリスはゆったりと微笑んだ。

「ドラーツィ公国の姫君が、結婚なさるのですよ。エルゲラ王国の伯爵子息がお婿にいらっしゃってね。その関連で、国境を接するこのクールナン地方に滞在させていただいています」

「へぇ……そうなんですね」

ドラーツィ公国は、このクールナン地方と国境を接する隣国だ。エルゲラ王国は名前は記憶していて、地図を調べるとドラーツィ公国の西にある国だった。

「おふたりをお待ちしていましたよ。姫君たちの結婚パーティーがあるのですが、お料理の一部をお願いされていて……」

「それだ‼」

兄妹は揃って声をあげた。モーリスが驚いている。

「えっ？　なんですか？」

モーリスは首を傾げた。「それだよそれそれ！」とリュカとカリーヌはてんでに声をあげて、モーリスを困惑させてしまった。

第七章　お姫さまの結婚パーティー

ドラーツィ公国の姫君の結婚パーティーは、冬のさなかに行われるらしい。西の隣国、エルゲラ王国の伯爵の子息が婿入りするという話は、フェレール家でも話題になっている。

姫君の名はイルダ、伯爵子息の名はアラセール。モーリスに絵姿を見せてもらったけれど、イルダ姫は白い肌に金色の巻き毛の美女、アラセール卿は黒髪に青い瞳の美青年だった。

「美男美女で、お似合いだね……」

ふたつの小さな額を手に、カリーヌが感嘆のため息をついている。リュカも「ほんとうだね」と頷いた。

リュカたちはフェレール家の、ふたりの部屋にいる。前の訪問でもここを使わせてもらったし、すっかり馴染んだ場所になっている。

「この世界でも、マスオさんってあるんだね」

カリーヌが不思議そうな顔をする。どういう意味かと思ったら、婿養子の話らしい。

「婿養子って、貴族的にどうなのかな？　でもアラセールさんは三男だったっけ？　だったら家を継ぐわけじゃないからこういう道もありなのかな？　王家の一員になるわけだしね」

「マスオさんは婿養子じゃないよ」

たまらずリュカは、突っ込んだ。

「サザエさんの名字はフグ田だもん。カツオにワカメは磯野《いその》姓だろう？　マスオさんは妻、つまりサザエさんの実家に住んでるだけで、婿養子じゃない」

ちなみに、とリュカはもったいぶって咳払いした。

「サザエさんたちは、最初は借家でふたりで暮らしてたんだよ。でもトラブルを起こして大家さんと揉めて、追い出されたから実家に住んでる」

「なにやったのサザエさん……って、なんの話？」

「僕、なんの話してるんだろう……？」

リュカも首を捻った。

この世界に転生して、カリーヌに再会してからは特に、前世の記憶が鮮やかに蘇るようになった。この世界の人たちには絶対通じない前世ネタを、カリーヌが聞いてくれるのでとても助かる。

そうでなかったらいつも言いたいことを呑み込むしかなくて、リュカは爆発してしまったかもしれない。

改めて、姫君と王子の絵姿を見た。

「ふたりのお披露目パーティーの、メインのケーキを作ってほしいって……僕たちに」

リュカはごそごそと、書簡を広げた。結婚パーティーのスケジュールが書いてある。ドラーツィ公国内の貴族たち、近隣国の王族や貴族たちが協力して結婚パーティーを盛り立て、同時に近隣国の結束を固めるイベントのひとつも兼ねているとのことだ。

「責任重大だね……メインのケーキはやっぱり大事だからね、特に力入れなくちゃ」

うんうんと、カリーヌがまた頷いた。

「モーリスさんは任せてくれるって言ったから、責任重大だけど楽しみでもあるね」

「ケーキのデコレーションは、やっぱりアレットだよね!?」

勢い込んでカリーヌが言うのに、リュカは大きく頷いた。

「もちろん。アレット以外の適任はないよ、ほかに考えてないよ。でもさ……」

「どうしたの、あにちゃ？」

ぐぐっとカリーヌが、覗き込んでくる。妹と喧嘩をしていたことを思い出した。今があまりにもいつも通り過ぎて、あの喧嘩は現実だったのだろうかと首を捻ってしまう。

その喧嘩の原因を思い出して、リュカは少し声を潜めて、カリーヌに問うた。

「ねえ、アレットには、クレールさんを通じてお願いする？」

「わざわざ、クレールさんを通して？　どうして？　わたしたちが頼めばよくない？」

「いや……クレールさんに、アレットと交流してもらいたいなって」

「あにちゃ、お節介《せっかい》！」

カリーヌは笑っている。リュカも、これはずいぶんとお節介だと思うけれど、どうしても気になるのだ。

「じゃあ、クレールさんに会いたいってお願いしようか！」

カリーヌは部屋づきのメイドを呼び、てきぱきとクレールとの面会を取りつけた。いつもながらに行動力のある妹だ。

ふたりの提案に、クレールは驚いたようだ。同時にとても納得した顔だ。

「確かに、アレット以外にはできないことですね。では、私からアレットに言いましょう」

「いいの？」

アレットのことでは、及び腰になるクレールだ。アレットのことではまたヘタレっぷりを発揮するのかと危ぶんだけれど、目の前のクレールは冷静だ。

「領地の仕事に関係することですからね、ヘタレではいられません」

「ねえ、ヘタレって言葉受け容れちゃってるよ、クレールさん」

あにちゃのせいだよ、とささやくカリーヌが、肘でつついてくる。

そんなふたりの前、クレールは勢いよく立ちあがった。驚いたリュカは、慌てて彼に着いていく。カリーヌも一緒に、行き先は厨房だ。

屋敷の主たるクレールが、いきなりやってきたのだ。厨房はちょっとした騒ぎになった。それでも呼び出されたのがアレットであることに、皆が納得しているようだ。

クレールを見て、アレットは少々困惑している。しかしクレールが、ケーキのデコレーションの話をすると、アレットの目には小さく光が差した。

「でも、わたしなんて……」

それでもアレットは、卑下するばかりだ。まわりを気にしているのは、マリエルがいないか警戒しているのだろうか。

「正式な結婚式ではありません、その前の、お披露目のような、結婚パーティーです」

クレールが、アレットに説明している。

「ですから、そんなに気負わなくても大丈夫です。結婚式よりも華やかな演出が求められているのですが、アレットさんのデコレーションなら、主役のおふたりも参列した皆も、喜んでくれると思うのですよ」

「だったら……ええ、頑張りたい、です」

戸惑いながらも、アレットの口調は明るい。その姿は以前のアレットのようで、リュカの気持ちも明るくなった。

この場で一番うきうきしているように見えるカリーヌが、アレットに声をかける。

「ねぇねぇ、一緒に『ふわふわ屋』に行こう？　どんなケーキを作るか、打ち合わせしようよ！」

「どんな材料を使おうか。アレットが使いたいもの、言ってくれる？　僕たち、頑張って集めるよ。なんでも言って？」

アレットが、ああ！　と声をあげた。

「そうそう、ピンクのポーカンの花を使おうよ。あれかわいいし、アレットも好きでしょ？」

盛りあがる三人は、『猫背亭』クールナン支店内の『ふわふわ屋』に向かった。「いいアイデアを期待していますよ」とクレールはにこやかに見送ってくれた。

『ふわふわ屋』の厨房で、三人はとてももとても盛りあがった。

「本物のお花も、果物も飾りましょう、それにわたし、考えたことあるんですけど」

アレットが、ポケットから折りたたんだ紙を出してくる。かわいらしいイラストが描かれている紙だ。

「わぁアレットが描いたの？　やっぱり上手だね！　これ、ケーキのデコレーション？」

「すごいな、さすがだ……この部分、どうやって作ろうか？」

イラストのケーキの上に乗っている、丸いものを指さした。

「メレンゲクッキーとか、軽くて柔らかくていいんじゃないかな。卵白を泡立てて焼いたらいいしね」

「メレンゲクッキーに色つけたらかわいいと思うな。あっ、固焼きクッキーに色づけしたりする方法あったよね。きれいな色でクッキー飾るの」

うんうんと、リュカは頷いた。

「アイシングだな、砂糖と泡立てた卵白を混ぜて色をつけて、クッキーの上に載せて飾るやつ。小麦粉のクッキーだとケーキに載せるには重すぎるから、卵白で作るメレンゲクッキーがいいかもね」

「メレンゲを絞り出して焼くクッキーだね、アレット、絞り出しの形成うまいと思うな」

絞り出しのための口金の形について、三人は相談した。

「スポンジ部分も、チーズケーキよりももっとしっかりしたのがいいかもな……重めの土台の方が、派手なデコレーションに耐えると思うんだ」

リュカは、アレットのデザイン画を指さした。

「ほら、ここらへん。支えを使って、結構背が高いから重みも出るだろう、だったらパン並みに重いスポンジがいいと思うんだ」

「でもパンじゃ味気ないよね。あにちゃ、なにか案ないかな」

「僕はドラえもんじゃないよ」

またカリーヌにしか通じないネタを言ってしまった。アレットが「？」となっているのを曖昧《あいまい》な笑みで誤魔化しつつ、懸命に頭の中のレシピ集をめくった。

「そうだ、クグロフとかどう？」

「なにそれ？」

カリーヌが首を傾げた。

「ブリオッシュみたいな、バターと卵をたっぷり使ったリッチな生地で作った山の形のケーキ」

マリー・アントワネットの大好物だったらしい話を、カリーヌだけに聞こえる声でささやきかける。

「今年は牛乳の味がいまいちだから、バターはあっさりめの味わいだろう？　だったらクグロフも、重くなりすぎないと思うんだ」

「禍転じて福となすってとこかな」

兄妹は、くすくす笑った。

リュカたちがはしゃいでいるのが気になるようで、店の者たちが集まってくる。

「これ、アレットが描いたの？　すごいね、画家の作品みたい！」

「色はついてないのに、美味しそうなのがわかる。これを作るの？」

「そうなんだ、たいせつなパーティー用のケーキだよ、アレットがデコレーションするんだ」

ひとしきり盛りあがり、賑わう『ふわふわ屋』にフェレール家からの使いが来て「晩餐にご出席ください」と声をかけられた。

「あっ、ありがとう！」

フェレール家まで淡い夕闇の中、歩きながらカリーヌがまた、ささやきかけてきた。

「電話あったら便利だよね。あにちゃ、そういう発明とかできないの？」

「無茶振り過ぎる」

フェレール家に戻り、食堂に向かう途中、広い廊下の向こうからやってくる人影に気がついた。

「あ……マリエルさん」

カリーヌの呟きに、リュカは顔をあげた。マリエルのオレンジっぽいふわふわの髪が、視界の端に映る。

ふわっとオレンジの髪が揺れて、こちらを向いた。マリエルの淡い青の目と、視線が合う。思わず身構えてしまった。

「……ふん」

「ええっ」

マリエルは不機嫌を丸出しにして唇を歪める。領主の妹らしからぬ態度だ。髪をひらめかせて、行ってしまった。

慌てて従う侍女は、リュカとカリーヌに申し訳なさそうな顔をしている。

「やっぱり、アレットのこと……気に入らないのかなぁ」

「こういうのって、自分の問題だからなぁ……外野が理屈を言ってもどうにもならないし。マリエルさんが自分で納得してくれないとなぁ」

「そうだよねぇ」

ふたりして、ため息をついた。ひそひそ話していたつもりだけれど、聞こえていたのかもしれない。行ってしまったはずのマリエルが、くるりと振り返った。

「ひゃっ！」

揃って声をあげてしまった。マリエルはこのうえなく不機嫌な顔で、貴族令嬢らしくもない足音を立てて、今度こそ去って行った。

「マリエルさん……絶対、気になってるはずなんだよね。気になってないはずないんだけど？」

「ツンデレだな……」

「そうだね……」

うんうんと頷く兄妹は、しかし今は、マリエルとアレットの仲にばかり気持ちを砕いている場合ではないのだ。

それは、結婚パーティーのケーキのデコレーションを任されたアレットも同じようだ。


ここしばらくの毎日、クールナン地方の『ふわふわ屋』では、デコレーションケーキの試作品を作っている。

『ふわふわ屋』のスタッフたちは、もうすっかりメレンゲのための卵白を泡立てるプロになってしまった。力仕事なのでたいへんだ。

「卵白のメレンゲを使って、こんなきれいなデコレーションができるのですね。面白い!」

アイシングで飾られたクッキーの試作品は、素晴らしい出来だ。アレットの絞り出しの腕前も、日々あがっていく。

試作品とはいえ、厨房の中だけで味わうのはもったいない。リュカはクッキーを入れた籠を持って、客席に向かった。

「おや、きれいなものがあるね。なんなのそれは、食べもの?」

「こんにちは! そうなんです、アイシングクッキーです」

「あいし……?」

常連の初老の女性は、不思議な顔をしている。

「食べてみませんか？　忌憚《きたん》のない意見を聞かせてください」

「あらありがとう、あら……美味しい！　とても甘いわ、こんなにきれいなうえに、美味しいなんて素晴らしいわ」

かりかりとアイシングクッキーを齧る客は、とても笑顔だ。リュカもカリーヌも、にこにこしてしまう。

「アレットが作ったんだよ！」

「そうなの、アレットはほんとうに上手ねぇ……この腕は国中に、いや世界中に知らしめなきゃ！」

「世界中までは行かないけれど、お隣の国のお姫さまの結婚パーティーの、ケーキを作ることになってるんですよ」

「えっお姫さまの？　どういうことなの？」

店内の客が聞きつけて、皆揃って驚いている。カリーヌが胸を張った。

「あはは、びっくりしますよね。僕もびっくりしてます。パーティーでのケーキは、アレットがデコレーションするんです。その予行練習でいろいろ試してるんですが、味見してもらえて助かりました」

そうなの、と客はしきりに頷いている。

「ほんとうに、こんな舌触りのいいクッキーは食べたことないわ。どうやって作ってるの？」

「えへへ、美味しいでしょ？　それはあにちゃの工夫だよ、卵白だけで作るクッキーなんだ！」

アレットは目を輝かせて、頬を赤らめている。

しかしその笑顔が、ふいと陰った。リュカは振り返って、「あっ」とちいさく声をあげてしまった。

オレンジがかった金髪が、窓の向こうに見えたのだ。気づいたときには髪を靡かせて、行ってしまったけれど。

「マリエルさんだ……」

「煽《あお》っちゃったかな……？」

「まずい、かも。でも……マリエルさん、わざわざ来たってこと？」

「嫁いびりに全力を注ぐ、姑みたいだな」

「こわい。やめて」

肩をすくめて、カリーヌが唸った。

マリエルの去って行った先を見やって、リュカは息をつく。

「アレットが気になるのなら、入ってきたらいいのにねぇ」

「そうできないのかも……プライド、高いんだろうなぁ」

ため息をついて、リュカは窓の外を見やっていた。

ケーキの試作品は、充分に評価を得られるできだった。アレットも自信を持ってくれたようだ。

クールナン地方に来てからしょんぼりしていることが多かったので、アレットの嬉しそうな顔を見られてリュカも嬉しい。

(ずっとこんな感じでいてほしいんだけどな。マリエルさんがアレットを受け容れないと、無理なのかな……それはいやだな。アレットにもマリエルさんにも、幸せに過ごしてほしいのに……)

リュカの作る料理を食べた人たちが、幸せそうな顔をしてくれることはこのうえない喜びだ。マリエルにも、あんな顔をしてもらいたいのだ。

ベルティエ伯爵家で見られたアレットの元気さ、そして彼女の作品を喜ぶ人を前にしたときの輝く表情。あれらをまた見たいと思っているのだけれど、もう無理なのだろうか。

(うーん……どうすればいいのかなぁ?)

答えが出せないままに、リュカたちがドラーツィ公国へ向かう日が来た。荷物を詰めるのに忙しくて、アレットたちのことで悩んでいる場合ではなくなった。

「口金とか泡立て器とか、消耗品じゃないものは持っていくけど。使い慣れたものがいいしね」

「日持ちしない材料もあるし。でも外国っていってもすぐお隣だし、牛や鶏もちゃんといるって。これはモーリスさん情報」

「前に『猫背亭』に来てくれたドラーツィ公国の貴族さんたちも、レシピ通りに作れたとは言ってたもんね。材料はあるんだよ。だからその点は大丈夫のはず！」

ドラーツィ公国からの客が送ってくれた、作物を思い出す。

「ええと、あの……ミージェだったっけ？　わざわざ送ってきてくれたお客さんたちが言ってたよね。パーティーまで三日あるから、それまでに仕込んでおけば問題ないよね」

「ねぇ、そういうことで……アレット？」

荷物を詰めているアレットの手が止まっていることに、リュカは気がついた。

「えっ？　ああもちろんです、大丈夫です！」

「なんかぼーっとしてる……ねぇ、アレット？」

カリーヌは、アレットにささやきかける。アレットがびくりと反応した。

「すみません、わたしは大丈夫です！」

アレットはぶんぶん首を振る。リュカの眉はぐぐっと寄ってしまう。

（こんな反応するってことは、やっぱりマリエルさんに、僕たちの知らない場所で嫌味とか言われてるんだろうなぁ……マリエルさんだって、アレットの腕は認めてるはずなのに。どうしてあんなに頑《かたく》ななのかなぁ……？）

どうしていいかわからない。リュカが悩んでいるうちに、ドラーツィ公国へ出発の日になった。

国境を越えるとはいえ、それほど距離はない。一日馬車に乗っていたら目的地に着くと、家庭教師に学んだ。

「ドラーツィ公国は広いから。もっと北の方に行くには何週間もかかるけど、パーティーが開催されるモルコール公爵の館は、国境に近いから」

「モルコール公爵？　誰？　そこのお屋敷なの、どうして？」

カリーヌの質問に頷きながら、リュカはカバンからごそごそ書簡を取り出した。

「これ、モーリスさんからのお手紙なんだけど……ほら、ここここ、パーティーはモルコール公爵邸で開かれるって書いてる」

ええと、とリュカは読みあげた。

「お婿さんのアラセールさんが、モルコール公爵家に関係する人なんだって。違う国の間でも、親戚関係ってわりと密《みっ》らしいんだ。確かに王家同士って、結婚を通じて関係が濃かったりするよね」

「へぇ、そうなんだ……モーリスさんって字が上手だねぇ」

「ほんとうに。さすが、レニエ王国の宰相だなぁ。すごい人なんだなぁ」

改めて『優しい親戚のおじさん』モーリスの本当の姿に、驚くばかりだ。

(それに……たぶんモーリスさんの前世は、二十一世紀の日本なんだよな……そしてモーリスさんは、それを覚えている)

馬車はがたがた道を行く。続く馬車には、アレットをはじめとして仕事に関わる者たち、道具などが乗っている。

大きな森を抜けたあたりから、体感温度ががくんと下がったのがわかる。

「なんかすごく、寒くなったね?」

「うん、僕も感じてた……うわっ!?」

いきなり馬車が、大きく揺れた。馬のいななきが響き渡って、同時にカリーヌが座席から転がり落ちそうになった。慌ててリュカが抱き留めたので、幸い大ごとにはならなかったけれど。

御者の慌てた声が、響き渡った。

「申し訳ございません、リュカさま！　カリーヌさま！　お怪我はありませんか!?」

「あっ、うん、だいじょうぶ！」

「突然に雪が深くなって、馬の足を取られてしまいました」

「そうなんだ……」

ふたりは揃って身を乗り出し、窓の外を見た。

「わぁぁ……！」

「いつの間に？　真っ白！」

馬車の窓から見える光景は白、白、そして白だ。カリーヌが「寒い！　寒い！」と騒いでいる。

国境を越えて即、気候が変わるということはないはずだけれど、急にぐっと寒くなったのは気のせいではなかった。

恐る恐る、馬車を降りる。馬留につけられた馬たちは皆、寒そうに足踏みしている。

続く馬車から降りた者たちも、皆「寒い！」と声をあげていて、リュカも同意だ。

「あっすごい、足が冷たくない！」

カリーヌは毛皮の靴で、さくさく雪を踏みながら歩いている。

「ねぇねぇあにちゃ見て、足が埋まっちゃう、すごい雪だね！」

「あれっ？　そんな靴、持ってた？」

「うふふ、バイエの毛皮のブーツだよ！　前来たとき、作ってもらったの。バイエの上着もね、毛が内側のも外側のも！」

「いつの間に……」

リュカは持っていないのだ、カリーヌの用意周到さに驚きながら、同時にはしゃいで雪を踏むカリーヌの足もとが心配になった。

「おいカリーヌ、足もと気をつけて……うわあああっ！」

「きゃあああっ！」

カリーヌも、注意したリュカも、同時に雪に足を取られてしまった。

わらわらと人々が駆け寄ってくるし、つながれている馬もリュカたちを振り返っている。馬の目が心配そうに見えて、肩をすくめてしまった。

「大丈夫ですか！」

「大丈夫だいじょうぶ、びっくりしただけ」

大きな体の使用人に抱えてもらっているカリーヌが、けらけらと笑っている。怪我はなさそうなので、リュカはほっとした。

「あっ、モーリスさんだ！」

「寒いのに迎えに出てくれたんだ、嬉しいな」

こちらに向かって歩きながら、大きく手を振っているのはモーリスだ。ややおぼつかない足取りで歩いてくる彼の頬は、寒さのせいだろう、赤くなっている。

「ようこそ皆さん、遠路お疲れさまでした」

「モーリスさん、来ました！」

「おお、リュカさんカリーヌさん。よくいらっしゃいました……おやカリーヌさん、ものすごくもこもこですね」

「だって寒いんだもん！　みんな平気なの信じられない！」

バイエの毛皮の上着の裾を引っ張りながら、カリーヌは大きく震える。いえいえとモーリスが首を振った。

「平気ではありませんよ、ここしばらくとても気温が下がって雪がひどくて。あちこち凍ってたいへんなんです」

「じゃあ、結婚パーティーは……？」

モーリスが眉をしかめる。モーリスのこんな顔を初めて見て、にわかに不安になった。カリーヌを見ると、モーリス以上に不安そうな顔をしているのだ。リュカはますます、不安になった。

「いえいえ、そんな顔しないで。大丈夫ですよ、急な大雪で私も驚いているだけで」

「そうなんですね、よかった」

リュカはほっと息をつく。うんうんとモーリスが何度も頷く。

「一般的なパーティーなら、延期したりと融通を効かせられるでしょうけれどね。ですがこのたびは、姫ぎみの結婚です、そのお披露目です。この程度の気候の変化ではとりやめられないのですよ」

モーリスのぴりぴりが伝わってくる。いつものモーリスにはない緊張の表情と口調で、それはリュカにも伝染した。

「リュカさんたちに作っていただくケーキは、パーティーの目玉ですから。我がレニエ王国の威信もかかっているんです」

「えええ……そんな、それはプレッシャーが強過ぎる……」

リュカの背中には、今度はぞくりと悪寒が走った。カリーヌも緊張しているようで、リュカは自分の指先が震えていることに気がついた。

案内されたのは、モルコール公爵の館の中央の厨房だ。『中央』というのは、ほかにもたくさん厨房があるからだ。

ベルティエ家の厨房もフェレール家のそれも、『猫背亭』や『ふわふわ屋』の厨房もそれなりに大きいし、広い。

それでもここには敵わない。リュカとカリーヌは目を見開いて、広大な厨房を見まわしている。

「ひっ、ろっ！」

「わぁ、かまどがいっぱいあるねぇ。大きさもいろいろ、火の大きさも使い分けられるのかなぁ」

カリーヌはすぐに、現実を受け止めたらしい。広大な厨房を走り回っている。さっそく調理係たちと仲よくなっているようだ。

（さすがのコミュ力……！）

感心するばかりのリュカに、モーリスが「あちらの部分をお使いください」と声をかけてきた。

「道具など、入り用のものがあればお申しつけください」

はい、とリュカたちは頷いた。アレットがまわりをきょろきょろしている。

「かまどとか調理台とか、形は変わらないですね？」

「そうだね、外国ったってお隣だしね。言葉もほぼ一緒だし、そんなに変わることはないかもね」

「ここまでの雪にはびっくりですけど……」

皆で窓の外を見た。厨房のかまどには火が熾っていて暖かいけれど、二重サッシのような密閉性の高い窓ではないから油断ならない。

「雪がひどく降れば、窓を塞がなくてはいけません。そうしたら真っ暗ですからね」

「ええ、それは困るなぁ……」

「それでも今回は、姫ぎみの結婚パーティーです。灯りのための燃料を多少贅沢しても作業は進めないと」

延期できないということを、モーリスは強調した。リュカはうんうん頷いた。

広い厨房を見まわすと、あちこちで作業が進んでいる。好奇心に煽られて、リュカはなおもあちこちを見た。カリーヌがくんくん鼻を鳴らしている。

「あそこでは肉調理？　あっちはスープ類かな。いい匂い……これだけ広かったら匂いも混ざらなくていいね」

カリーヌが、この屋敷の調理係に尋ねている。

「どんなお肉使ってるのかな、こっちでもゴリアンテは使うのかな？」

「えっ？　ゴリアンテ？　ですか？」

思いきり首を傾げられて、カリーヌは肩をすくめた。

「ゴリアンテの肉を食べるのは、ラコステ地方だけの習慣ですよ？」

モーリスにささやきかけられて、リュカとカリーヌはモーリスを見た。

「習慣だって！　そういうふうに認識されてるの、嬉しいな」

「あにちゃが、ゴリアンテの肉を食べやすくしたんだもんね。非常食じゃなくて、今はもう日常の習慣！」

「えへへ、なんだかくすぐったいなぁ」

兄妹は、にこにこ顔で互いを見やった。

モルコール公爵家の全容は、さらに驚く広大さだった。

この館の主は、リュカたちレニエ王国からの訪問者にも暖かい部屋を提供してくれた。モルコール公爵夫妻にも、挨拶した、外国語での会話には最初は戸惑ったけれど、すぐに慣れた。この屋敷の使用人たちとも同様だ。

「明日いちばんから、ケーキの試作だね。どんなケーキを作るか話したら、みんな試食楽しみって言ってくれたんだ！」

さっそく厨房の者たちと話をつけているカリーヌは、やはり凄まじい行動力だ。

「あにちゃのクグロフふうのスポンジケーキと、アレットのデコレーション。明日、農場の鶏舎《けいしゃ》から卵いっぱい持ってきてくれるって。楽しみ！」

ベッドに入っても、カリーヌは興奮を抑えられないようだ。モルコール公爵家であったことを話しながら、ベッドでごろごろ転がっている。

「カリーヌ、疲れてないか？」

「全然！　明日がすっごい楽しみ、眠れないかも！」

「ちゃんと寝てくれ、明日は忙しいぞ」

「うん、でもわくわくする、遠足の前の日みたいで……ぐぅ」

「はやい！」

妹の寝顔を見ていると、リュカもすぐに眠くなった。

目が覚めたのは、ドアのノックの音が聞こえたからだ。

「あっ、おはようございま……」

起きあがったリュカは、挨拶を忘れて大きく身震いした。

「さむっ！　ええっさむっ!?」

「寒いけど!?　ええっ雪、めちゃくちゃ降ってる!?」

兄妹は悲鳴をあげた。窓の外の景色に吹っ飛んだ。起こしてくれたこの屋敷のメイドは、憂いの表情だ。

「急に、すごい雪になりました……」

この地の住人がこんなにも不安げなのだ、自分たちは耐えられるのだろうか。

出されるのは興味深いメニューばかりなのに、今朝はそれを味わっている余裕がなかった。

降りしきる雪が入り込んでくるから窓が塞がれていて、だから室内はまるで夜だ。あちこち明かりが灯されているけれど、太陽光には敵わないのでとても薄暗い。

食堂を出て厨房に入る。そこに駆けつけてきたのはモーリスだ。

「モーリスさん！　この雪、たいへんですね。すごく寒い……」

「その雪です、大雪なんです！」

モーリスのここまで慌てた顔は見たことがなくて、リュカはひどく焦燥した。

「昨日からの雪がひどくなって、本当にたいへんなんです。農場との道も埋まってしまって、肉や牛乳を運んでくるのにひどく苦労していて……」

「えっ、牛乳……じゃあ卵は？　卵はだいじょうぶですか⁉」

いずれもケーキ作りにたいせつな材料だ。リュカの焦りは大きくなった。しかしモーリスの表情は晴れない。

「それが、この寒さでしょう？　鶏舎の鶏たちが弱ってしまって卵を生まないらしいのです。鶏舎で火を焚《た》いて、鶏たちに元気になってもらおうとしているとのことですが、今朝の卵は採れないそうです」

「そうなんだ……」

リュカは唖然とするばかりだ。カリーヌの目も、驚愕に見開かれている。

「ええと、だ、だ、だったらフェレールさんのお屋敷の農場から取り寄せようよ⁉　クールナン地方からだったら、時間的にもどうにかなるよね⁉」

「それがですね……」

モーリスの後ろから現れた男性は、なんとなくオーブリーに似ていると思った。料理長と紹介された男性は、ふるふると首を振るばかりだ。

「突然のこの大雪で、道もすっかり塞がっているんです。最低限の必要物資の運搬にも困ってるのに、卵なんて繊細なものは運べませんよ」

「そうか、そうですよね……」

リュカは大きくため息をついた。カリーヌは胸の前で両手を握りしめて、ふるふるしている。

「どうするあにちゃ……？」

「どうしよう……」

兄妹は目を見合わせて、またふるふるした。

「どうしましょう、卵白を使うメニューしか考えていませんでした……」

アレットはおろおろしている。一緒に来たスタッフたちも揃って青い顔をしている。

厨房の窓は塞がれていないものもあって、光が入ってくるし屋外が見える。ひらひらと雪が降っているのはきれいだけれど寒そうで、大きく震えてしまった。

「きれいだよね……軽そうで柔らかそうだけれど、怖い存在でもあるんだね……」

「どうしよう……」

兄妹は唖然と窓の外を見る。それでも戸惑っている場合ではないのだ、どうあっても諦めるわけにはいかない。

「あの、すみません……！」

「えっ」

振り返ると、真っ赤な目をしたアレットが肩を震わせている。リュカもカリーヌも慌てたし、まわりのスタッフたちも声をあげた。

「わたしが、不甲斐《ふがい》ないから……こんなことに」

「ええっ!?」

声をわななかせるアレットに、その場の者が皆、驚いた。

「そんなことないよ、なんでアレットのせいなの!?　そんなわけないし、誰もそんなこと思ってないから！　そんなこと言わないで！」

慌てると同時に、アレットはここまで気に病んでいるのだとリュカは焦った。

「うだうだ言っていても仕方がないよね」

「そう、ないものはないんだ。対策を考えよう！」

アレットのおかげで、嘆いている場合ではない、今できることをしようと切り替えられた。

「牛乳は……ある？　だったら生クリームはできるかな、あにちゃのクグロフふうのスポンジケーキも……」

「そうだな……ってケーキも卵使うよ！」

「そりゃそうだ……ああ、どうなるのかな……」

そこでカリーヌの目が、きらりと輝いた。

「ねぇ、卵アレルギーの人のために、卵の代用品使うってあったよね？」

「えっ……ああ、そう……だ、ね……あっ⁉」

ぴーんと、頭の中に雷鳴が走った。リュカは大きく目を見開く。

「ミージェ！　ミージェだ‼」

リュカの大声に、カリーヌも皆も「ええっ？」も驚く。

「あっ、あの果物？　オレンジっぽい味と匂いの、長芋《ながいも》みたいなやつ」

「そうそう、あれあれ！」

リュカはもう、ミージェのことしか考えられなかった。

「そう、ミージェは食感が長芋っぽかっただろう？　卵アレルギーの人に食べてもらえる料理で、卵の代用品に長芋のすりおろしを使うってあったよ。きめ細かくすりおろして泡立てたら、ふわっとして卵白っぽくなるだろう？　長芋だったら、お菓子に使うには砂糖とかの甘みを入れる必要があるし、それで舌触りが変わってくる……でもミージェは柑橘類の風味だから、お菓子向きだよね。むしろミージェはそのために使うべきなのでは⁉」

ひとりでものすごく盛りあがってしまって、リュカは飛び跳ねて拍手した。

「うわぁ、これは嵌《は》まった！　ばっちりだ！」

カリーヌに「あにちゃ、落ち着いて！」と宥められてしまう。カリーヌの声に、リュカはすん、と落ち着いた。

「で、あにちゃ。ミージェ、どうやって手に入れるの？」

「うっ……？　ええ、あっ？」

冷静に突っ込まれて、リュカは慌てる。

「だってこの雪でしょ、ミージェってここの農場で採れるものなの？　この間は、たまたま豊作だったから送ってくれたってみたいだけど？」

「いや……どうなのかな……ええっ」

天啓に興奮していたリュカは、冷静なカリーヌの言葉に意気消沈してしまった。感情の上下が激しくてついていけない。

「あっ、アレット⁉」

いつの間にかアレットが、大きな籠を抱えている。中には白くて細長い、ひと抱えほどもある果物が――。

「それ、ミージェ！」

「どうして、アレット？　そんなにたくさん、どこから……」

アレットの頬は赤くなっている。髪も乱れていて、少し息もあがっているようだ。

「ミージェのこと、リュカさまがおっしゃったので……このお屋敷の方にお話ししたら……農場の蔵にあると、使っても、いいと……」

「アレット、農場まで行って取ってきてくれたの？　この雪の中？　ありがとう……」

「僕たちはどうしようって騒いでただけなのに、アレットはてきぱき行動できるんだね。すごい……ありがとう」

兄妹のまなざしの前、戸惑いながらもアレットは嬉しそうな顔をしている。

厨房は一気に、ミージェ加工の現場になった。たくさんのミージェが調理台の上に並べられる。

「わぁ、こんなに大きなミージェもあるんだね……赤ちゃんくらいの大きさあるよ、これ」

「リュカさま、どう調理しましょうか？」

「ええとそうだね、皮を剥いて縦に割って種を出して、身の部分をすりおろそう」

考えつつリュカは言った。

「それを泡立てて絞り出したら、卵白みたいに使えると思うよ」

「匂いも味も、果物っぽいしね。確かにお菓子向きだね！」

厨房の一角で黙々と、ミージェ処理の作業を始めた『ふわふわ屋』のスタッフたちを、モルコール侯爵邸の調理係たちが不思議そうに見ている。

「へぇ……ミージェをそうやって使うんですね？」

「そのまま囓《かじ》ることしか考えたことなかったな……おお、確かにふわふわだ。これを泡立てるんですか？」

「なるほど、卵の白身でこうやるつもりだったのですね、ミージェにしろ卵にしろ、こんな食べ方があるとは……」

スポンジケーキはどうしようと考えて、卵なしでもいいということに気がついた。

ケーキを膨らませるのはイーストを使うけれど、この世界ではパン種だ。前世で使っていたベーキングパウダーのようにふくふくとは膨らまないけれど、カリーヌが生まれた六年前から工夫を重ねているのだ。

カリーヌは隣で、すりおろしたミージェを懸命に泡立てている。カリーヌが生まれたとき、とにかく喜ばせたくて蒸しパンを作って口もとに触れさせたのだ。

もちろん、生まれてすぐの赤ちゃんは固形物など食べられないことは知っている。それでも口に当てれば、味だけでも感じられるかと思ったのだ。

泣くだけしかできない赤ん坊だったカリーヌは「うまっうまっ」と反応してくれた。

「どうしたの、あにちゃ」

「なんでもない、郷愁に耽《ふけ》ってた」

「今はそんな場合じゃないでしょ、手を動かして」

「あっハイ」

てきぱき動く妹に従って、リュカは素直に返事した。

泡立てたミージェのすりおろしは、しっかりとした固さがあって卵白を泡立てたメレンゲよりも扱いやすそうだ。

アレットも「思いのほか使いやすいです」と、創作意欲に火がついたようだ。

皆で一生懸命働いて、やがて調理台には華やかなケーキが現れた。厨房に歓声が広がる。

「ケーキ部分は小麦粉と糖と牛乳と、パン種とバター。デコレーション部分は牛乳と砂糖の生クリームと、メレンゲ部分はミージェのすりおろしを泡立てたもの」

滔々とリュカは語った。

「このクッキーもそれを使ってアイシングしています。この色はいろんな花とか野菜とかから取った汁を使っています。ピヨーとかプローとか」

モルコール公爵邸の調理係たちは、皆揃って感心している。あたりに広がる感心の声が誇らしくて、リュカは胸を張った。

「確かに特別な材料は使っていない、それでこの華やかさを出せるとはすごい……」

続いての試食で、厨房の歓声はさらに大きなものになった。味は文句なく納得できるものだった。

「これは、お姫さまとお婿さまのパーティーを彩ってくれる……素晴らしいケーキになりますね」

表情を引き締めようとしても、どうしてもにこにこしてしまう。カリーヌも同じだ。兄妹は顔を見合わせて、にこにこ笑った。

窓から、きらきら光が入ってくる。雪に反射する日光に照らされて、アレットのデコレーションしたケーキが眩しくきらめいている。


その日がやってきた。イルダ姫とアラセール卿の結婚パーティーだ。

モルコール公爵家の大広間では、着々と準備が進んでいる。その中にモーリスを見つけて、リュカは駆け寄った。

「モーリスさん、おはようございます！」

おはようございます、とモーリスはいつも通りにこやかに答えてくれた。

「今日は雪も落ち着いてますね。除雪の者たちも、頑張ってくれたようです」

「そうなんだ……こんな大雪、除雪もたいへんですよね」

今日は窓も開いている。すべてを開けると寒いから一部だけだけれど、雪を反射したきらめく光が射し込んできて、眩しいくらいだ。

そうでなくても（リュカの前世の記憶に照らしてみると）学校の体育館三つくらいありそうな広間には、ふんだんに明かりが灯っていて、太陽光と重なって中央の大きな大きなテーブルを照らしている。

深い紫色の、ベッドをいくつも並べたくらいに大きなテーブルの上には種々、さまざまな料理やお菓子が並んでいる。

真ん中にはケーキがそびえていて、出席者がケーキを見て歓声をあげている。広間の隅に立っているアレットをちらりと見ると、カリーヌと話す顔が輝いていた。

リュカの視線に気づいたカリーヌが、ぱたぱたこちらに駆けてきた。

「ちょっとお部屋、暑いね」

「だな、さすがの贅沢って感じだな。こんなに燃料使えるなんて」

リュカも伯爵家の息子だ、ある程度の贅沢は知っているつもりだけれど、これだけの広さの部屋を暖めるだけの燃料をがんがん使える財力はたいしたものだと、舌を巻くばかりだ。

「これだけたくさんの人がいるから、人いきれで暖まってるってのもあると思うけど」

「そうだね、すごくたくさんの人がいる……さすが、一国のお姫さまの結婚パーティーだね、お客さんだけでもものすごい数」

「そんなパーティーのメインになるケーキを任されるとか、改めてプレッシャーだね」

振り返って、アレットを見る。ケーキを指さすまわりの者たちに話しかけられて、控えめながらも嬉しそうだ。

「ここにマリエルさんがいてほしい……いやいないほうがいいのかな？　でもアレットの腕が、誰にも認められるものなんだって知ってほしいし……」

そこまで言って、リュカは口を噤んだ。会場に大きくざわめきが走ったからだ。

思わず息を呑んだ。左右に大きく開いた扉をくぐって現れた、ひと組の男女に誰もが目を奪われたのだ。

「わ、ぁ……」

「おおお、美しい……」

「さすがの貫禄《かんろく》ねぇ」

広間が一気に、賑やかになった。

入ってきたのは、肖像画で見た男女だ。白い肌に金色の巻き毛の美女は、淡いピンクのドレスをまとっている。ふわふわの柔らかそうな布を何枚も重ねている。

胸もとが大きく開いていて、肌の美しさがきらめくかのようだ。輝く宝石が連なったジュエリーをつけている。

女性は優しく柔らかい笑顔で、歓迎する者たちに応えている。イルダ姫だ、年齢は二十一だと聞いている。年相応の貫禄がある中にも、どこかかわいらしい少女のような女性だ。

彼女の腕を取っている背の高い男性は、黒髪に青い瞳の美青年、アラセール卿だ。

表情はイルダ姫に比べて緊張気味だ。紺色の衣装、ひらりとひらめく裾の裏は空色で、白の模様が入っている。ちらちら見えるところにセンスを感じる。

肩からかけたマントにも、金糸で細かい模様が縫い取られていた。肩にはひらひらの

(モップみたいな)飾り(エポレットというらしい)が、胸もとからは何本かの金色の鎖がつながっていて、歩くたびにしゃらしゃらと音を立てるのが印象深い。

「すっごくきれい……美しい……すごい、本物の王子さまとお姫さまだぁ……」

目をきらきらさせたカリーヌは、感嘆のため息をついている。

「ちっちゃいころに読んだ絵本の、王子さまとお姫さまそのまんまだね。すごい……素敵」

するするとドレスの裾を優雅に引きながら、イルダ姫が広間の中央に歩いていく。ごちそうの並んだテーブルを見まわして、顔を輝かせている。

イルダ姫が話しかけているアラセール卿も、同様だ。静かで落ち着いているイルダ姫の、無邪気な本心が見えるような表情にリュカも嬉しくなった。

イルダ姫たちが取り巻く者たちと話しながらテーブルの上の料理をひとつひとつ指している。料理を説明しているのは、リュカたちもとても世話になった料理番たちだ。

細くて白いイルダ姫の指先が、テーブル中央のケーキを指した。

リュカの背中が、きゅっと伸びる。カリーヌも同じ反応だ。

イルダ姫がアラーセル卿に、なにかをささやきかけている。アラーセル卿が頷き、こちらを見て歩いてきた。

リュカとカリーヌは揃って、ぴしりと背を正した。全身が緊張する。

目の前に立ったイルダ姫が少しかがんで、リュカたちに目線を合わせてくる。目の前でにっこりと微笑む顔は、透き通った白い肌に、きらめく薄茶の瞳。リュカの胸がどきどき高鳴った。

「あの素晴らしいケーキ、あなた方が作ったと聞きました。ほんとうなの？　あの、ええと、おふたりともずいぶんお若い……」

「僕は十二歳で、こちら妹のカリーヌは六歳です！」

「まぁ……そんなお年で……これほど素晴らしいケーキを？　まぁ……」

イルダ姫は目を丸くしている。アラーセル卿と目を見合わせて、何度もまばたきした。

「デコレーションは、こちらのアレットの担当です！」

「えっ？」

「えっ」

「リュカさま！」

イルダ姫とアラーセル卿の驚きの声、まわりの反応、そしてアレットの悲鳴が重なった。

「まぁ……アレットさんもお若いのにね。素晴らしい腕前だわ。いったいどうやって、こんな素晴らしいケーキを？」

「ええと、これは、ミージェのすりおろしにショモンやクロケの絞り汁で色をつけて、泡立てて、ケーキに塗りました。このへんの飾りは、生クリームを絞り出して作っています。」

花びらの形の飾りは生クリームをピヨーやプローで色づけしてます。樹蜜水に浸けてあるので、甘いです」

「そうなのね……ミージェの、へぇ……」

「素晴らしいな、これは……切り分けてしまうのがもったいない」

「そうね、でもわたしも食べたいし、皆にも振る舞いたいわ」

皆に惜しまれながら、ケーキは切り分けられた。リュカの焼いたクグロフふうスポンジケーキの側面は、レーズンに似たアルロの実の赤さが鮮やかだ。卵がないので黄色味が足りないけれど、きらきらした赤が目を惹くので気にならない。

思ったよりも美しい出来に、リュカは自画自賛した。胸の中で拍手する。

皆がケーキを口にするのを、リュカは固唾を呑んで見た。イルダ姫の薄茶の目が、きらりと輝いた。

「まぁ……美味しいこと。こんな美味しい……甘い」

アラセール卿も、もぐもぐしながらうんうん頷いている。素晴らしい衣装をまとった美丈夫が、まるで子どものようだ。

「ねぇ、見た目も味も素晴らしいわね。このような素晴らしいお菓子を作ったこの子たちは、どこの子たちなの?」

「隣国の、レニエ王国の者たちでございます。リュカとカリーヌの兄妹は、ベルティエ伯爵の子女たちです」

丁寧に答えたのは、モルコール公爵夫人だ。

「まぁ、わざわざ来てくださったのね」

アラセール卿が、うんうん頷いている。そんな彼を見たイルダ姫が、首を傾げている。

「あなた、甘いものがお好きなの？　知らなかったわ」

「えっ、ああ……まぁ、そうだね」

気まずそうに口を濁すアラセール卿に、カリーヌがたたっと走り寄って彼の顔を覗き込む。

「甘いものがお好きなんですね！　ケーキはお好きですか？　クッキーとか焼き菓子はどうですか？　アイスクリームとか、冷たいお菓子はどうですか？　あにちゃの作るスフレチーズケーキ、美味しいんですよ！　今日のケーキはクグロフふうで重いですけど、軽いチーズケーキも美味しいからそのまま食べるのも、デコレーションするのも美味しいですよ」

「わわっ、カリーヌ！」

妹のコミュ強ぶりの発揮にリュカは慌てたけれど、アラセール卿はカリーヌの顔を輝かせた。控えめに抑えてはいるけれど、その端正な顔にははっきりと「甘いものが好きです」と書いてある。

イルダ姫は「そうなの？」と、意外そうな顔をしてアラセール卿を見ている。

「知らなかったわ……どうして言ってくれなかったの」

「えっ、そ、れは……」

視線をうろうろさせているアラセール卿の顔を、カリーヌが覗き込んだ。目が合うと、にこっと笑う。

「好きなものを好きだって言えるのは、いいことですよね！」

「そ、そう、です……ね」

「まぁあなた、はっきりしなさいよ」

イルダ姫が憤慨している。とはいえ怒っているわけではないのだ。

「あなたの好きなもの、すべてを知りたいの。教えてちょうだい、甘いものが好きなのね、ほかにはなにが？」

「ええと……あの、こういう」

アラセール卿は、恐る恐る指を差した。ケーキのデコレーションの、花びらをかたどった絞り出しだ。

メレンゲではなくミージェのすりおろしなので、少し重みが気になるのだけれど、そのぶん存在感のある花として、堂々とケーキを彩っている。

アラセール卿だけではなく、会場中の皆が「素晴らしい」と喜び、アレットは恥ずかしそうな、それでいて誇らしげな顔をしている。元気そうな様子は、以前のアレットに戻ったかのようだ。

「お花も好きなの？」

「ああ、うん、そうなんだ……」

戸惑いながらも、アラセール卿は頷いている。彼の青い目がうろたえるようにきょときょとと動いて、リュカとカリーヌと視線が合った。

カリーヌがぎゅっと両手を握りしめて、「がんばれ！」のポーズをしている。アラセール卿は、カリーヌの励ましを受け止めたようだ。

イルダ姫は何度も、ケーキと夫を交互に見ている。

「あなたがこういうものを好きだとは、知らなかったわ……あなたのことをまた知ることができて、嬉しい」

「イルダさま……」

感極まったように、アラセール卿はつぶやいた。

夫婦なのに「さま」づけでイルダ姫を呼ぶのが気になった。アラセール卿は婿入りする立場だから、積極的には出られないのだろうか。

確かに出席者の中からは「男のくせに……」とのささやきも聞こえる。それでもイルダ姫に理解してもらえたことが、アラセール卿に勇気を与えたらしい。

彼はアレットに、興味津々に問いかける。

「これはミージェなんだね、こんなふうになるのか……素晴らしいね、見かけからはとても原料が想像できない。これはあなたが考えたのかな？」

「いいえ、お考えになったのはリュカさまです」

突然注目を浴びて、リュカは動揺した。

「えっ、あぁっ、すみません！」

「どうして謝るんだ？　そうか、君か……これは素晴らしいよ」

アラセール卿は、しきりに頷いている。甘いものきれいなものが好きだという、秘めていた気持ちを解放できて楽になったようだ。

「あなた、お名前は？」

イルダ姫が、アレットに優しく問う。「アレットと申します」との答えに、アラセール卿が頷いた。

「アレット、このドラーツィ公国の国民にならないか？　私たち、国民のために、あなたの素晴らしいデコレーションの腕を披露してほしい……あなたの腕で、私たちの目と舌を幸せにしてほしい」

「えっ、あの、その……」

ともすれば、愛の告白よりも情熱的だ。アレットに迫るアラセール卿の姿に、リュカは思わずイルダ姫を見た。嫉妬を招いていてはいけないと思ったのだ。

しかしイルダ姫は、嫉妬はしていないようだ。にこにこと、アラセール卿を抑えている。

「落ち着いて、アラセール。そのお嬢さんを困らせないで。ねぇあなた、はっきり断らないとだめよ」

アラセール卿に迫られて戸惑っているアレットは、イルダ姫に微笑みかけられてこくこく頷いた。

「わたしは、レニエ王国にいたいです！　『ふわふわ屋』でお世話になって、もっといろいろな技術を磨きたい……ごめんなさい、こちらに移住はできないです！」

「おおお……」

今まで見たことのないアレットの勢いに呑まれて、リュカは唖然とした。アレットはこちらを見て、おずおずと「いいですか？」と訊いてきた。

「もちろんだよ！」

リュカは勢いよく言って、アレットの両手を握った。カリーヌも、弾ける声とともにアレットの手を握った。

「これからもずっと、一緒にお店やっていこうね！　もっと美味しいもの作ろうね、わたしたちも楽しみ！」

リュカは、イルダを見てアラセールを見て、肩をすくめた。

「いいですか？　すみません……アレットは僕たちにとっても、たいせつな存在なんです」

「残念だけれど仕方ないね。アレットの腕なら、引っ張りだこなのはわかるよ。よかったら、また来ておくれ」

アラセール卿は心底、残念そうな顔でそう言った。

「大きなパーティーのときには、ぜひとも来てもらいたいわ。依頼のお手紙を出してもいいかしら？」

「もちろんです！」

戸惑うアレットの前に、リュカが一歩踏み出して言った。カリーヌも「もちろんもちろん！」とはしゃいでいる。

「そのときはよろしくね、楽しみにしているわ」

にっこりと微笑むイルダ姫に応えたカリーヌは、リュカに小さくささやきかけてきた。

「クレールさんとのこと、どうなるのかなぁ……アレット、このままでいいのかな？」

「マリエルさんのことが、なぁ……」

「それね……どうなるのかなぁ……？」

リュカとカリーヌは目を見合わせて、ため息をついた。

第八章　ハッピーウエディング！

ドラーツィ公国での務めが、終わった。

結婚パーティーはとても好評だった。ケーキもそのデコレーションも、ほかのお菓子も、もっととねだる声も少なくなかった。

「また、お料理も食べてもらいたいよね。外国の人たちのコメント、新鮮だったなぁ」

「そうだなぁ……あんな綱渡りみたいなのは、もうごめんだけど」

あはは、とカリーヌはなんでもなかったことのように、陽気に笑う。

「今となれば、棚ぼたで新しい食材が見つかったって感じだったよね、ラッキー！」

「あのときは、本気で焦ったんだから……ラッキーじゃないよ」

リュカが顔を歪めると、カリーヌは「えへへ」と肩をすくめて笑った。

リュカたちは故国レニエ王国の、クールナン地方に戻った。

ここに開いた『猫背亭』支店のことも気になるし、新しく学んだいろいろな料理も、早くメニューに加えたい。

それでも、すぐにはラコステ地方には戻らなかった。

というより、戻れなかった。大雪のせいで思うように出発できず、しばらくクールナン地方に滞在することになったのだ。

フェレール家に戻ったリュカたちは、クレールに出迎えられた。丁寧に膝を折って礼をするクレールに、リュカはとても恐縮してしまった。

「ドラーツィ公国からはお手紙を受け取りました。丁寧なお礼をいただきまして……私までお褒めいただき恐縮です」

そう言いながらクレールは、ちらちらとリュカの背後を見ている。そこにはアレットが立っている。

ちらりと見やったアレットは、以前のように元気いっぱいだ。そんなアレットの姿は、やはり嬉しい。元気になってくれてよかったと思う。

（でも、やっぱり……国境を渡ったあたりから、意気消沈しているみたいに感じるんだよな）

やはりマリエルの目が気になるのだろうか。どこかおどおどしているようにも見える。

（やっぱり早くラコステ地方に、うちに、アレットも一緒に帰ろう……あのころのアレッ

ト に戻ってほしい。見てられない！）

そんなリュカの懸念に気付いているのかいないのか、にこにこしているクレールは、リュカたちを手招きした。

「まずは我が家でおやすみください。お部屋も用意しております、しっかり暖めてあります」

リュカとカリーヌは揃って礼を言ったけれど、アレットのことを思うと早く帰りたい。

それでもこの雪では、ままならないのだ。

もどかしい思いでリュカはカリーヌを見て、同じことを考えているらしい妹と一緒に眉をしかめた。

「さぁさぁ、どうぞ。皆さまもぜひ」

クレールを筆頭に、フェレール家の者たちも歓迎してくれた。

それほど時間が経っているわけはないのに、フェレール家の雰囲気を「懐かしい」と感じた。

「あっ」

「どうした、カリ……」

妹の名を最後まで呼べなかった。マリエルがこちらを見ていることに気がついたのだ。

近くにアレットがいないかと慌てたけれど、その姿はなかった。

（嫉妬なんかしても、仕方ないのになぁ……気持ちはわかるけどね）

前回と同じ部屋に案内されて、兄妹は揃って、ほっとひと息ついた。

「なんかすごく、安心するね……」

カリーヌは、バイエの毛皮の敷かれた柔らかいソファに、ばふっと勢いよく飛び込んでいる。

「わぁ、やっぱり気持ちいい！」

カリーヌが深く、ため息をついた。

ソファに突っ伏したまま、ちらりとリュカを振り返ってくる。

「早く帰りたいな。ラコステ地方がわたしたちの故郷、ベルティエ家がわたしたちの実家なんだなぁって、実感してる……」

「そうだなぁ……」

しみじみと実感しながら、リュカはうんうんと頷いた。

ドアがノックされて、リュカは駆け寄って扉を開ける。

現れたのは、クレールだ。

「楽しそうですね、笑い声が外まで聞こえてましたよ」

「わぁ、恥ずかしいな……クレールさん、うちの者たちは？　ご迷惑おかけしてませんか？」

「とんでもない、皆さんお疲れでしょうに、さっそく厨房の手伝いをしてくださって。厨房の者たちも皆、国境向こうの土地の食べものに興味津々で、いろいろお聞きしているようです」

「それはよかった！　あにちゃ、わたしたちも手伝いに行こうよ」

「うん、のんびりしてちゃだめだな」

立ちあがりかけた兄妹を、クレールが制した。

「あの……」

「アレットのこと？」

カリーヌの直球すぎる物言いに、リュカは慌てた。

図星だったようで、クレールは頬を真っ赤にしてあわあわしている。

「え、ええ……あの、どう思いますか、アレットのこと」

クレールの頬が、ぱっと染まった。まるで初心《うぶ》な少年のようだ。

そんなクレールをじっと見ながら、カリーヌはなんでもないことのように言った。

「アレットも、同じ気持ちだと思うんだけど」

「ええっ⁉」

悲鳴をあげるクレールは、ますます初心《うぶ》な少年のようだ。

（仮にも、領主さんが……しかもいつもはあんなに立派なのに、恋愛に関しては奥手なんだなぁ……）

リュカは驚きつつ、同時にとても納得した。

はにかむクレールをフォローするように、カリーヌが言う。

「アレット、ドラーツィ公国でもすごく立派にやってたよ。パーティーでは絶賛だったし、アレット自身もすごく嬉しそうだった」

「そうですか……そうですよね。でもこちらでは、いささか元気がないように思うのですよ……」

クレールは肩を落とす。カリーヌが（言っていいかな？）と尋ねるようにリュカをちらりと見やってくる。こういうところでは、ちゃんと心得ているのだ。

「マリエルさん、アレットのことが気に入らないんだよ。身分違いだとか言って」

「えっ……？」

クレールが、大きく瞠目《どうもく》する。

「マリエルが、身分がどうこうと気にしているのは知っています。私にも身分の序列を大切にしろと言うものだから、ばかを言うなと叱ったのですが」

クレールの表情が変わった。初心な少年のような顔はどこに行ったのかと驚いたくらいの、領主としてのきりりとした顔だ。

「しかしアレットに直接、そんなことを言っているのですか……？　私の前では、謙虚な姿勢を見せていたのに」

カリーヌが、かっと目を見開いて、大声をあげた。

「好きな女性と妹、どっちが大切なの！」

そしてびしっと、クレールを指差す。クレールは瞠目してぴしりと、背筋を正した。

「マリエルさんはクレールさんの、ひとり残された近しい家族で、大切にしているのはわかるよ。でもアレットはどうなるの？　このままでいいの？　あんなしょんぼりしてるのアレットじゃないし！　見てられないよ！」

「かかか、カリーヌ!?」

妹の勢いに、リュカはおろおろしてしまった。カリーヌの勢いはとまらない。クレールは目を丸くしている。

「それは私も、考えているのです」

「ん？　なにを？」

今までにないクレールの口調に、リュカは耳をそばだてた。

「今度、この屋敷でパーティーがあるのです。地域の方々を集めての催しです。そこで……」

「アレットのデコレーションしたケーキを出す！」

「それだ！」

リュカとカリーヌは、同時に拳を突き出した。

「そうだよ、アレットの腕前を目の前で見たら、褒められているアレットを見たら、マリエルさんも身分違うとかそんなこと思わなくなるかもしれない」

「身分とか関係ないって思ってくれるかも。大切なのは本人の努力や、その結果なんだって。身分とか関係ないって、気づいてくれるんじゃないかな!?」

「おふたりも、そう思いますか?」

「もちろんだよ！　僕たちにできることは、なんでも手伝うよ！」

リュカの背筋も、ぴんと伸びた。カリーヌも同様だ。

クレールがそういう計画を立てているのなら、パーティーでアレットに活躍してもらいたい。

「でもここで、また元気なくなっちゃったしなぁ……引き受けてくれるかな」

「マリエルさんを見返したい、って気概があるかな……僕としては頑張ってほしいんだけど」

兄妹は厨房に向かった。提案を告げると、アレットは大きく目を見開いた。

「そんな……ドラーツィ公国での、姫君方の結婚パーティーでの仕事も、あまりにも僭越《せんえつ》でしたのに……これ以上、そんな」

「だからだよ！　結婚パーティーでアレットは実績を積んだんだよ。だからこそ安心してお願いできるの」

「実績……」

カリーヌはアレットの目を見て、言った。アレットは息を呑んで、ぱちぱちとまばたきをして、そして頷いた。

「わかりました、頑張ります！」

「うんうん、よろしくね！」

カリーヌが、がしっとアレットの手を取った。ぎゅっと握って上下にぶんぶん振った。

アレットは目を丸くして、にっこり笑って、そしてカリーヌの手を握り返す。

「わたし、頑張ります。結婚パーティーのときに負けず劣らず、頑張ります！」

「おお……アレット、やる気だね！」

ベルティエ家で見ていた、アレットの弾けるような笑顔を久しぶりに見られた。

カリーヌが嬉しそうに声をあげて、それはリュカも同じだった。

クレールの領主就任パーティーが行われる日は、抜けるような晴天だった。

真冬なので積雪は多い。それでも厨房の計画を狂わせるような悪天候もなく、領主就任パーティーの準備は予定通り着々と進んでいる。

「牛乳の味、よくなったね」

「うん、クールナン地方でこのくらいの雪は例年のことらしいから……毎年こんなに雪なんだね、たいへんだね」

目を見合わせつつ、リュカとカリーヌは頷いた。

「例年通りの気温だから、牛たちも元気になったんだね、よかった。暑すぎるのも寒すぎるのもよくないよね。人間も牛も」

「うん、おかげで予定してた通りの料理ができるよ。みんな、期待してくれてたもんね」

牛乳の質がよくなったことに加えて、すりおろしのミージェを混ぜると、とろみともったり感がとてもマッチする。

「これはまた、新しい風味だな……」

「棚ぼただね、あのアクシデントがなかったら生まれなかった味だもんね！」

試作を繰り返したこともあって、ケーキは自画自賛するできだ。

客間の飾りつけも立派にしつらえられて、やってくる客を迎えるばかりになった。

「どんなお客さまが来るか、見に行こうよ！」

カリーヌに手を引っ張られて、リュカも窓から馬留を見やる。

次々に着く馬車の中、ひときわ豪華な一台が目を惹いた。

「あれ……誰？」

「なぁ……なんか騒ぎ、大きくない？」

「だよね。誰が来たのかな……って、えっ？」

リュカは思わず声をあげた。入ってきたのは、ドラーツィ公国のイルダ姫とアラセール卿だ。腕を組んで歩くふたりの足取りは「さすが王族……」と感心するばかりの優雅さだ。

「あら、アレット」

「イルダさま！」

菓子の皿を運んでいたアレットは、バネ仕掛けの人形のように飛びあがった。勢いよく、ぺこっと頭を下げる。

「覚えていてくれたのね、嬉しいわ」

「そんな、イルダさまを忘れるなんて……！」

アレットはとても恐縮している。リュカがちらりと見やった先には、マリエルがいる。目を大きく見開いて、驚愕している。

イルダ姫は客間の中を見まわして、嬉しそうな声をあげた。

「あれ、アレットの手がけたデコレーションよね？　やはり、素晴らしいわね……」

うっとりとしているイルダ姫に、アレットは専門家モードになって話し始めた。

「ええと、これはクールナン地方特有の花を使いました。食べられる花もありますけれど食べられないものは蜜で包んで飾りにしています。この赤いのはショモンの花、青いのはクロケの花。こっちはクレの葉です、色合いを考えるのはとても楽しいです、ええとこっちは」

一気に滔々と語るアレットは、リュカのよく知っているアレットだ。リュカがカリーヌを見ると、妹はにこり（にやり？）と笑った。

ケーキの味見を勧められて、イルダ姫は喜々としてフォークを使った。彼女の細くて白い指に（白魚の指……）と、前世で使われていた美称を思い出したりする。

「このケーキ、結婚パーティーでいただいたものとは味が違うわね？」

「牛が元気になってくれて、牛乳の質がよくなったんです。あと卵、卵もそうです。鶏も元気になって。だから、ええと、このケーキは……」

説明に詰まったアレットが、頼るようにリュカたちを見てきた。リュカは駆け寄る。

「牛乳や卵は夏の暑さの影響でいまいちですけど、砂糖は例年になくいっぱい採れたので、贅沢に使えました！」

「砂糖が贅沢に使えるなんて、素晴らしいことね」

にっこり微笑むイルダ姫に見とれているのは、彼女をエスコートしているアラセール卿だ。

ふたりは、結婚パーティーのときよりも親密度があがっているように見える。相変わらず仲睦まじいようで、微笑ましい光景にリュカもカリーヌも、にこにこした。

（あ……マリエルさん）

広間の隅に立っているマリエルが、落ち着きのない様子でこちらを見ている。目が合ったけれど、ぱっと視線を逸らされてしまった。

「もどかしい……！」

カリーヌが、小声で呻いた。

「マリエルさんの前に、アレット連れて行ったらだめかな。話したいと思ってるのはわかってるんだから」

「やめなよ……外野が口を出すことじゃないって」

ここぞこそ言い合う兄妹の視線の向こう、マリエルがきゅっと表情を引きしめて、手もぎゅっと握りしめた。

「あっ……マリエルさま」

すたすた歩いたマリエルは、アレットの目の前に立った。広間の気温が、さあっと下がったのがわかった。

マリエルは、アレットの前に立つ。その場が、ぴきりと緊張した。

「アレット……あの、ごめんね。あの……」

握った拳を振るわせながら、マリエルが言った。

「悪かったわ。あんなこと、言って」

「いいえ、いいんです……マリエルさま」

アレットも驚いている。

「わたしこそ至らなくて。マリエルさまのご不興を買ってしまって」

ふたりは互いに「わたしこそ」「わたしこそ」と繰り返している。そのおかしさに気がついたのか目を見合わせて、そして小さく笑った。

広間の空気は、ふわりと穏やかになった。マリエルはアレットを認めたようだし、アレットもそもそも、マリエルを憎からず思っているのだ。

「こうとなれば、さ」

パーティーの盛りあがり以上に、リュカはうきうきしてした。期待に胸を膨らませつつ、カリーヌにそっとささやきかけた。

「この先は、クレールさんに頑張ってもらいたいよね」

「うん！　クレールさんが脱ヘタレするまで、見届けないと！」

カリーヌも、わくわく期待しているようだ。

「あっ？」

すっと一歩踏み出してきたのは、イルダ姫だ。この場でもっとも身分の高い人物が動いたことに、その場の者すべてが、緊張した。

広間を走った雰囲気など、王族ともなればたいしたプレッシャーでもないのだろう。イルダ姫は、上品で軽快な足音とともに、アレットたちのもとに歩み寄った。

マリエルが小さく「ぴゃっ！」と声をあげたのが聞こえた、ような気がした。

「あなたを悩ませていたことは、これなのね。アレット」

おずおずとアレットは頷き、ちらりとマリエルを見た。マリエルはひどく、萎縮している。

「身分なんてもの、クレールと結婚すればアレットは領主の妻なのだから、どうでもいいことです」

「ええっ⁉」

さらりとイルダ姫が言ったことに、その場の者が皆仰天した。皆が一斉に、クレールを見る。

クレールは赤くなると同時に、青くなっている。とても器用だ。

「な、な、なんで……殿下、そのようなことを⁉」

「わたくしがなにも知らないと思っているの？」

少しばかり怒りを滲ませた口調で、イルダ姫が言った。クレールが「とんでもない！」と声をあげる。

「もちろんわたくしは、すべてをわかっているわよ」

イルダ姫は満足げに、淡い色の瞳をきらめかせた。そのまなざしに押されるように、クレールはごくりと喉を鳴らす。

「アレット！」

クレールがいきなりアレットの前にひざまずいたので、広間に衝撃が走った。顔をあげて手を差し出して、クレールは言った。

「アレット、私と結婚してください！」

広間の者はすべて、ごくりと固唾を呑みながらプロポーズの光景を見つめている。

アレットが、震える唇をゆっくりと開いた。

「わたしでいいのなら……喜んで」

「おおお〜！」

歓声が、ふたりを包んだ。ふたりは歓喜の声に包まれて顔を紅くしている。

リュカはそっと、マリエルの顔を窺った。満たされた表情で、拍手をしている。

「ハッピーエンドだね！」

カリーヌは眩しい笑顔で笑っている。リュカも嬉しくて、何度もうんうん頷いた。


クレールとアレットの結婚式は、驚くほど早く執り行われた。

「リュカさまとカリーヌさまにご出席いただきたくて、早々に日取りを早めました」

にっこりと、クレールはそう言ったのだ。

結婚式当日、リュカたちはアレットに会いに準備の部屋を訪れた。

新婦のアレットは、広間に続く一室にいた。白い、ふわふわした花嫁衣装に身を包んで、頬を染めているアレットはとても美しくて、リュカは言葉を失ってしまった。

「おめでとう……すごく、きれいだね……」

一方でカリーヌは、両手を打ち合わせてはしゃいでいる。

「ねぇねぇこのドレス、アレットのデコレーションの感じに似てるね！」

「デコレーションに？　あっ、そう言われれば……」

「デザインを、手伝わせてもらったんです」

はにかむアレットは、そう言った。デコレーションのセンスをこのように活かす方法もあるのだと、リュカはとても感心した。


結婚式の開始を待つ中、リュカたちには素直に喜べないことがあった。

結婚したふたりが一緒に暮らすのはあたりまえだ、わかっている。しかし。

「アレットを、ラコステ地方に連れて帰れないのは残念だな……」

リュカが小さく呻くと、アレットは申し訳なさそうに「すみません……」とつぶやき、リュカとカリーヌは同時に「そういう意味じゃないよ、ごめんね!?」と声をあげた。

「アレットには『猫背亭』と『ふわふわ屋』のクールナン支店を任せるから!」

「うんうん、アレット、よろしくね」

「お店で働いてくれる人たち、みんなアレットを信用してるし、僕たちも安心だよ。期待してるね!」

「ええ……でも」

アレットが不安そうな顔をした。その表情には、見る者を惹きつける憂《うれ》いがある。リュカは少し、どきりとしてしまった。

今までの「かわいい女の子」から「美しい女性」になったのは、やはり愛の力ゆえなのだろうか。

「ええと、どうしたの？　なにか心配ごとでも？」

「いえ……レシピのことなんですが。あの、わたし……読めなくて」

「そっか、名前は書けるんだっけ？」

「はい……いただいたお手紙は、読める人に読んでもらってました……」

アレットは恥ずかしそうにしているけれど、アレットが悪いのではない。

（そうか、この世界の識字率は高くなかったから……）

「だったらアレットのイラストで手順を描いて、字を読まなくてもイラストに従って作ったら美味しくできるレシピにしない？」

「えっ？」

もじもじしていたアレットが、ぱっと顔を輝かせた。

「ねぇあにちゃ、イラストだけで説明してる取説とか、あったよね？」

「う、うん」

いきなりカリーヌにそう言われて、リュカは慌てた。

（取説って、さらりと前世の話をするんじゃない！）

それでもカリーヌがあまりにも堂々としているので、まわりの者たちは訝しんでいないようだ。

（確かに……前世でもよく買ってた、世界規模の家具量販店の商品組み立て説明書、イラストだけだったんだよな。確かにあれは便利だよな）

リュカが懸念しているこの世界の識字率については、別の話なのだけれど。

（以前にモーリスさんが言ってた、寺子屋《てらこや》的なもの……どうなったのかな？）

広間が、ざわざわとざわめく。はっとしたリュカの目の前、現れたのは今まさに考えていたモーリス本人だ。

「モーリスさん!?」

「モーリスさんも、クレールさんたちの結婚式、出席するの？」

「はい、もちろん。なんといっても、フェレール家の領主の結婚ですからね」

モーリスはひとりではなかった。シックな装いの貴婦人と一緒だ。

「お久しぶりです、サビーナさん！」

「こんにちは、元気そうね」

深い緑の上品なドレスに身を包んだ、モーリスの妻サビーナは『猫背亭』の常連であり『ふわふわ屋』のネーミングの由来の人物でもある。

目の前にいるのは、レニエ王国宰相夫妻なのだ。この国の宰相夫妻が揃って出席となれば、クレールとアレットの結婚にも箔がつくというものだ。イルダ姫の出席も同様だ。

アレットに身寄りがないとか身分がないとか、気にしている出席者がいるようには感じられない雰囲気だ。

確かに、イルダ姫の言うとおりになった。

フェレール家がこれほど賑わったのは久しぶりだと、集まった者たちが口を揃えて言っていた。

和やかな雰囲気の中、新領主と花嫁の結婚式は華やかに執り行われたのだった。

◆

とてもとても久しぶりに、リュカたちは故郷に帰った。

兄妹が、生まれ故郷のラコステ地方に戻ったのは、春になってからだった。

「寒い場所に、いちばん寒い時期にいたって感じだねぇ」

「それはそれで、本場の寒さが味わえてよかった……ような。寒かったけど」

旅の間も、世話係の侍従たちがいた。実家でも面倒を見てくれている者たちだけれど、それでもやはり、両親は格別の存在なのだ。

がたがた走る馬車は、いつもながらにとても揺れるけれど、雪がないぶん安定している。

家への馬車に揺られながら、リュカは前世のことを思い出していた。

あのころは、両親の夫婦仲も家族仲もいいとは言えなかった。だからよけいに、兄妹仲がよかったような気もする。

この世界のリュカたちの両親は、とても仲がいい。そんなふたりを見ているのが嬉しくて、だから久しぶりの帰宅がより楽しみなのだ。

「久しぶりに父さまと母さまに会えるの、嬉しいね！」

カリーヌも同じ思いらしい。いつも以上に嬉しそうに、うきうきしている。

「手紙のやりとりはこまめにしていたけど、会うのはほんとうに久しぶりだよな」

家まで、もうすぐだ。

馬車はがたがたと、ベルティィエ伯爵家の屋敷の敷地内に入っていく。

暗くなる前に到着できたのは、御者の腕だ。街灯もヘッドライトもないから、陽が落ちると本気で真っ暗になる。陽のあるうちに動くのは大事なことだ、ベルティィエ伯爵家の雇う御者は優秀なのだ。

石畳の上、がたがた響く馬車の音を屋敷の者たちが聞きつけたようだ。屋敷からわらわら出てくる。

「リュカさま、カリーヌさま！」

「みんな！　わざわざ出てきてくれたんだね！」

下車するのを待ちきれないカリーヌは、窓から身を乗り出してぶんぶん両手を振っている。

「そりゃあ、リュカさまとカリーヌさまのお帰りですから！」

馬留で、馬車が止まる。降りるのと同時に、ベルティィエ伯爵家の使用人たちに囲まれた。

「おかえりなさい！」

「どんなお料理をお持ち帰りになりましたか？」

歓迎されて応えながら、カリーヌは眉をしかめた。

「おしりが痛い……」

「あはは、それは仕方ないですよ」

豪快な笑い声は調理係の長、オーブリーのものだ。

「お店の方はどう？」

「問題ないですよ。『猫背亭』では常連さんたちがリュカさまとカリーヌさまをお待ちかねですけれどね。併設の『ふわふわ屋』でも、メニューを増やしたいとおふたりを待ちかねております」

「あはは、僕たちがいなくても困らない感じだね？」

「なにをおっしゃいますか、そんなことはありませんよ！」

オーブリーに続く厨房の重鎮が、声をあげた。

「新しいメニューを持って帰ってきたんでしょう？　早く見せてください！」

暗くなり始めた屋外から、連れ立ってぞろぞろと家の中に入る。

やはり歓声で迎えてくれた者たちの中、早足でこちらに向かってきたのは、父のルイゾンと母のポレットだ。

「父さま！　母さま！」

「おかえりなさい、ふたりとも」

「やっと帰ってきてくれたね、我が息子、娘よ」

「わぁっ！」

「ただいま！」

ふたりは我先に、両親の腕の中に飛び込んだ。まぁまぁ、と困ったような、それでいて嬉しげな口調とともに、両親は子どもたちを抱きしめた。

「あはっ、父さまと母さまだぁ……久しぶり」

カリーヌが嬉しそうに、甘えた声を出す。リュカはなにも言わずに、父の胸に頭をすりすりさせた。ルイゾンは大きな手で、頭を撫でてくれた。

そうやって甘やかされながら、大きく満たされた息をついた。

こうやって歓迎してくれる人のいる、帰る場所があるのはいいなと、しみじみ思うのだった。

おわり

コスミック文庫 α

異《い》世《せ》界《かい》兄《きょう》妹《だい》の料《りょう》理《り》無《む》双《そう》2
～なかよし兄妹、極うま料理で恋のキューピッドになる!～

2023年 8 月 1 日　初版発行

【著者】　雛宮《ひなみや》さゆら
【発行人】　佐藤広野
【発行】　株式会社コスミック出版
〒154-0002　東京都世田谷区下馬 6-15-4
【お問い合わせ】 一営業部一 TEL 03(5432)7084　FAX 03(5432)7088
一編集部一 TEL 03(5432)7086　FAX 03(5432)7090
【ホームページ】 http://www.cosmicpub.com/
【振替口座】 00110-8-611382
【印刷／製本】 中央精版印刷株式会社

ISBN978-4-7747-6489-4 C0193